鐵盒裏的
甜蜜
時光
周淑屏 著
U0942305

鐵盒裏的甜蜜時光
作者／周淑屏
責任編輯／卓希雪
協力編輯／賴百樂
美術設計／陳詩韻
插圖／孫威軍
出版發行／突破出版社
香港沙田亞公角山路 33 號突破青年村
電話：2632 0000　傳真：2632 0388
電郵：breakthrough@breakthrough.org.hk
網址：http://www.breakthrough.org.hk
http://www.btproduct.com
承印／陽光（彩美）印刷有限公司
2023 年 10 月初版 1 刷

Memory Box
by Chow Suk-ping
First Printing, First Edition, October 2023

Printed in Hong Kong
ISBN 978-988-8562-82-4

本書經文取自《新標點和合本》，版權為香港聖經公會所有，承蒙允准採用，特此鳴謝。

誠邀閣下就突破出版社的書籍發表意見

歡迎加入突破書籍 Facebook page — http://www.facebook.com/btbooks.page

本書採用環保油墨印刷

每一個
年輕人都應當
乘着夢想的
翅膀出航。
成長文學

目錄

一、鐵盒裏的甜蜜時光

二、吐露港旁飛逝的列車

附錄

一、鐵盒裏的甜蜜時光

1 嫲嫲的月餅盒

爸為嫲嫲清理遺物，從牀底找出一個月餅盒，看看裏面沒載錢，就隨手遞給我。

我打開餅盒、裏面空空的，不，它不是空空的，它滿載傷感。

童年時候，我們被爸媽打，躲進嫲嫲房間避難的時候，她總是拿出這個餅盒裏的糕餅，給哭紅腫了眼睛的我們。

去年，嫲嫲初發病，執拾衣物進醫院的時候，她從牀底拿出月餅盒，摩挲着蓋子，問我：

「阿天，你知道嫲嫲的月餅盒裏面有什麼？」

「還會是糖果、糕餅嗎？嫲嫲。」

她搖搖頭、打開餅盒。裏面，是我們幾兄弟姊妹的相片，我們的BB相，我幼稚園畢業戴四方帽，大哥出國前的相片，二哥和女朋友，還有爸媽的黑白結婚照，還有，爺爺生前的穿着軍服、威風凜凜的相片。

嫲嫲看着照片，思緒回到很久很久的從前。

「都過去了，一切都過去了。」嫲嫲說。

兄姊們知道月餅盒裏有這些相片，紛紛問嫲嫲取去，填補他們童年記憶的缺漏。嫲嫲最後一次出院回家時，她的月餅盒已經空了，她看着月餅盒，目光空洞的道：「失去了，一切都失去了。」

我對嫲嫲最深刻的記憶，是她看着空餅盒時的惘然與哀愁。

※　※　※

為了減少嫲嫲的惆悵與哀愁，當她拿着月餅盒看的時候，我總會拉着她聊天。

有一次，我問嫲嫲：「為什麼一直保留這個月餅盒？」

「這是在美其香餅店買的月餅，因為這個鐵盒太漂亮了，吃完月餅，捨不得把盒子丟掉！」她邊摩娑着月餅盒的蓋子邊說，「你知道嗎？你姑姑和你姐姐的嫁女餅也是在這間餅店訂的！」

「他們結婚的時候不是到餅店買餅卡的嗎？」

「西餅有什麼好？以前人人都是買唐餅作聘禮，而且一買至少廿多卅斤，家裏親戚多的話，甚至整擔買，一擔足有一百斤、約四百個啊。」

「不是吃蛋糕西餅嗎？那些嫁女餅有什麼好吃？是怎樣的味道？」

「嫁女餅有紅、黃、白綾，還有蛋黃酥、皮蛋酥、蓮蓉雞蛋糕，雞蛋糕有餡的，還有龍鳳餅，像五仁月餅般，月餅皮裏有果仁、瓜子等餡料，用來拜祖先的，男、女各一對。」嫲嫲娓娓道來，如數家珍。

「聽說從前娶妻做聘禮的也是用這些唐餅是嗎？」

「當年美其香還特別訂製印有餅家商號，塗上紅、金油漆的木匣，把嫁女餅、海味都放進去，以擔挑吊起來運送，另有帖盒，用來放利市、禮金之類。每個木匣幾斤重，裝滿唐餅也有十多廿斤重，以擔挑擔上唐樓相當吃力。但是把這些金漆的木盒嫁女餅送到女家還真有體面啊！女家的鄰居都稱羨連連。」

「說回這鐵月餅盒是怎樣的呢？它比一般的大啊，而且以前一般的月餅盒不是用紙做的嗎？但這個是鐵做的，比曲奇餅罐還要大呢！難道這月餅盒裏面裝的月餅也是有什麼不同嗎？」

「這鐵月餅罐是用來裝美其香餅店老闆創出來的十八黃月餅的。以前流行雙黃月餅，最多也只有四黃，聽說美其香的老闆想出不如做夠十八黃，既是好意頭，而且可以一家人一起吃。直到現在，每年中秋，老師傅仍會製作十八黃月餅，供應給酒家之餘，亦有不少熟客的訂單。」

「聽說從前的人喜歡做月餅會，你那時也有做嗎？」

「從前流行的月餅會，美其香也有辦，還專為月餅會印製燙金凸字板，一直至十多年前反應轉淡才停止。一年十二期供款，供全份每月幾十元，到中秋節便可獲得十盒月餅；半份即五盒，月供價錢便宜一點，十多元便可以。我們當時也有做月餅會，那些月餅會卡，現在還有保留下來呢！」

「找到的話可以拿給我看看？」

「也許都找不到了，失去了，一切都失去了。阿天，嫲嫲的身體愈來愈差了，我最放心不下的是你。在你唸中學的時候，我已買了一對龍鳳鈪，給你將來娶妻之用，但現在看來恐怕嫲嫲捱不到那一天了！」

「嫲嫲你不要這樣說，但是，為什麼是我唸中學的時候買的呢？」

「你記得小兵嗎？」

小兵？我的記憶飄到很遠很遠。

「你的小時候，有一次我從美其香買來棋子餅，你和隔壁的小兵就用棋子餅來下棋。我已經忘記那個小女孩的名字了，你們下棋的時候開玩笑，你叫她小兵，她就叫你小卒，所以我都只記得她叫小兵。那是一個很可愛的女孩子，可惜生在不幸的家庭裏，她的爸爸常常酗酒，一有不如意，就拿家人來出氣，後來還一走了之，扔下小兵和媽媽不顧。這小女孩可很乖巧，她和你很談得來，你們唸初中時還是好鄰居。我看你們很登對，說不定長大了能成為一對，那時候，我就去買了這對龍鳳鈪。誰知道小女孩這麼不幸，在她十二三歲時，媽媽也生病死了，沒有親戚肯照顧她，她就被送到了什麼兒童宿舍，之後再沒見過她了。阿天，你不會不記得吧？」

我記得……我沉浸在回憶中。

「那對龍鳳鈪就在我的衣箱裏，可拿給你看。」

嫲嫲說着就走去翻箱倒櫃，我卻沉浸在回憶中，不能自拔。

※　※　※

我自出生那天，就住在李鄭屋邨。爸爸、媽媽在生下大姐之後，就搬來這條公共屋邨居住。我們的隔壁住了一家三口——爸爸、媽媽和小女孩。那個小女孩只比我小一歲，因為她的爸爸、媽媽都忙於工作，有時就拜託嫲嫲在接送我上下課時，順便也接送她。有時她的父母忙於工作，也是嫲嫲把小女孩帶過來我們這邊吃午飯、晚飯的，嫲嫲說她就像多了一個孫女一樣。

小女孩下課後就在我們家做功課，做完功課後，我會和她一起玩。我們最喜歡用嫲嫲買回來的棋子餅來下棋。我想我們當時不是真的懂得下象棋，但是也是這樣學着大人的樣子下棋，也許當時玩的是盲棋吧？贏了的就可以多吃幾顆棋子餅，那些棋子餅就是我們的下午茶，棋子餅從來不缺，因為嫲嫲每隔一兩天就會去美其香買回來。

除了一起上下課一起玩，我也會教她做功課。她總是怯怯生生，但是也很愛笑，笑起來像一隻小貓。但是，就在差不多升上中一的時候，笑容再沒有在她的臉上出現，隔壁也常常傳來爭吵打罵聲。嫲嫲說：「一定是她的爸爸又喝了酒，明天說不定又看到她媽媽口腫鼻腫的樣子了。這孩子真可憐，一定是又躲在牀邊哭了。我們也不好管閑事，如果可以把她帶過來我們這邊躲一會，也許會好一點吧！」

第二天早上，我們果然看到她媽媽的臉上、手上都有紅腫的一塊塊。漸漸地，我們也看到小兵的手上、腳上有一些紅腫的傷口。於是，有好幾次，當我聽到隔壁有吵嚷聲時，便馬上不顧一切的拉着嫲嫲的手奔到隔壁叩門。門開了，小兵凶神惡煞的爸爸就站在門口，我使勁叫小兵快跑。如是者，很多次小兵是躲在我們家躲過了爸爸的拳腳交加的。

印象很深刻的是，就在小兵升上中一的那一年，不知從何時開始，她爸爸不知所蹤了。有人說他欠債跑了路，也有人說他是犯了罪入獄了。無論如何，對小兵和媽媽來說，也是一件好事，他們再不用擔心爸爸的拳腳了。

那一年的中秋節，嫲嫲請他們來和我們一起吃晚飯。吃完飯之後，我們還一起賞月，一起分享楊桃、芋頭、美其香的月餅。小兵和媽媽沒有選十八黃蓮蓉月，她媽媽卻是喜歡吃五仁月餅。小兵媽媽說那是她在東莞的家鄉最有名的月餅，吃這種五仁月餅，就能吃到家鄉的滋味。我知道小兵未必喜歡吃這種月餅，可是和媽媽一起吃這種月餅，她的臉上洋溢着幸福。

然而，這種幸福沒有延續到很長時間，那一年她媽媽被證實患上了癌症，當時嫲嫲常陪伴小兵從李鄭屋邨的家乘車到香港南區的南朗醫院，探望她的媽媽。那時我問嫲嫲為什麼她媽媽要住在那麼遠的醫院，嫲嫲說：「那裏是什麼安寧病房，是那些患了絕症、已經沒有希望的人住的。」

真的沒有希望了嗎？看到小兵由最初知道媽媽患病每天不斷流淚，到後來淚水彷彿流乾了，我也不知道怎樣安慰她，只是在她不開心的時候，請她吃從美其香買來的雞蛋糕、雞蛋餅、白糖糕、芝麻糕，希望這些甜味能夠中和她生活中遇到的種種苦味。

直到小兵的媽媽離開人世的時候，我曾傻傻的問嫲嫲：「你能夠收養小兵嗎？」

嫲嫲說：「傻孩子，我們跟他們沒有親屬的關係，怎可能收養她？也許她的親人之中會有人肯撫養她吧？」

「她哪有什麼親戚？從來沒有見到有親戚來探他們。」

「他們的親戚也在大陸的東莞，也許他們會把她接回大陸照顧吧！」

「她的親戚把她接回大陸，我們不是再也不會見到她嗎？」

「傻孩子，我們不能收養她，但等她長大了，你們還是有緣的話，你娶了她過來當我的孫媳婦，我們就可以照顧她。」

聽了嫲嫲的話，我的臉全紅了。雖然覺得這種日子很遙遠，但是當時也覺得這是唯一可以令小兵得到照顧的方法。

然而，小兵的媽媽死了不到一個月，小兵就被社會福利署接走了，聽說她要住在兒童宿舍直到十八歲。

我問那些社工：「小兵會住在哪裏？我可以去探望她嗎？」

他們說：「不可以告訴你的。」

這之後，我和小兵就沒有再見面，那時我十三歲，小兵十二歲。

龍鳳鈪金燦燦的光芒把我從回憶拉回現實，嫲嫲拿着龍鳳鈪的手有點顫抖，她一臉唏噓的說：「我還想再看到美其香盛滿嫁女餅的紅、金油漆的木匣，吃一口嫁女餅哩！」

可惜，她最後的願望未能如願以償。

2 北河街的舊式餅家

嫲嫲死後，我向哥哥、姐姐們討回嫲嫲月餅盒裏的相片，將相片掃描、編排後放進電腦的資料夾中，為嫲嫲做了一個紀念相集，這之後，大姐、姐夫也要我替他們製作家族相簿，令我不勝其煩。

剛巧有一次，我在工作的地方樓下重遇我的大學師兄阿 Dick，他開了一間專替人寫網絡程式的公司，我順道問他：

「如果我想有一個地方放上我們的回憶，或者將我們認為珍貴的東西放進電腦裏面，要寫一個人人都會用的程式，容易嗎？」

「很容易，但如果只放圖片、文字會很沉悶，若果我們將這些記憶一點一滴放上網，其他網友也可以將他們相似的經歷放上去，或者隨時可加上他們的意見，這就有了互動性，而且不只是一個人的回憶，是許多個人互動的回憶了。」

「就好像一個月餅盒裏面，有各式各樣不同的月餅，這月餅盒就變得很豐富了，是嗎？」

他聽了，有點不明白，但我沒解釋。

「你能幫我寫這個 Programme 嗎？」

「可以。」他一口應承。

於是，我這個叫「月餅盒裏的記憶」的網頁開始了。

進入網站，是一個有十幾個空位的餅罐。每個進入的網友，選一個空位 Click 進去，就可以放進自己的記憶，或者自己認為珍貴的東西。

譬如，我可以將自己的相片、童年收集的閃咭、明星相放進去，也可以將自己喜愛的歌曲放上去，或者將從前拍的生活 Video 放上去。其他人，可以自由進入來參觀，也可以在裏面放上他想加進去的成分，當然，如果我不喜歡，可以將這些別人加入的成分刪除。

這些記憶放進去會活起來，它會長大，會變得豐富。

網站開始之後，Dick 師兄幫我將這消息在他的網站和網絡雜誌上發放出去。

三日之後，竟然有第一個回憶加入者了。

她叫 Cookie，據說，是個女孩子。

Cookie 之後，加入的名字有 Jonathan、Emily、Dragon、Kevin、怪貓、鳳姐等等，

到了第七日，月餅盒裏面，已經有四十九個人的回憶。

Cookie 放進去的，有她爸爸媽媽年輕時的照片，她說：「父母在現實生活中不能白頭到老，希望放到網上，故事會有意想不到的發展。」

怪貓將他家裏的小貓照片，和小貓自己的玩具放上網，還有貓三個月、六個月，九個月大時的叫聲。他說，這是小貓成長的全紀錄。幾天之後，竟有許多人放上自家小貓的照片，說要與怪貓的小貓「相睇」。

鳳姐則將自己父母年老時的合照放進 Cookie 的餅罐裏，告訴她可以將父母白頭偕老的景象投射進去，Cookie 致謝。

我這個站主，看着自己創造的月餅盒變得愈來愈有內涵，不自覺地沉迷了進去，夜裏只睡兩小時，有時弄到早上起不了牀，上班會遲到。

就像今天，起牀時已經十一點，只好索性請半天假。

下午上班時，沒什麼胃口，記起同事說公司附近的北河街街市有一間舊式唐餅店，就到那裏買些中式糕餅當做午餐吧！

我在長沙灣政府合署上班，在這裏上班的人，都在附近解決午餐的問題。同事最常去的是旁邊的西九龍中心，這裏的八樓有Food court，全都是一些小店，價錢很便宜，只是坐得不舒服就是了。

當然其他食肆的選擇有很多，有茶餐廳、譚仔米線、雲吞麪店、越南、泰國餐館……可是我這陣子工作忙，腸胃不太好，竟然想念起中式糕餅來，以前嫲嫲常常在街市買完菜後，就買一些中式糕餅回來給我們吃，也許我早已經把這些中式糕餅當成Comfort food了。

這間位於北河街的舊式餅家，沒有華麗的裝潢和考究的門面，就在北河街街市附近，只是店外面有很多攤檔，店面不怎麼起眼。

但在一個個小攤檔中間，傳出了糕點的陣陣香氣。這間名叫生隆餅店的門口一排放滿皮蛋酥的焗盤，架上堆滿了光酥餅、缽仔糕、散裝月餅、罐裝花生等傳統糕點，還有放滿白糖糕、芝麻糕、紅豆糕的玻璃櫃，吸引了行人的視線，令他們停下步來駐足選購。

店內的傳統糕點很吸引，有白糖糕、芝麻糕、馬蹄糕，還有糯米糍、燒餅、雞屎藤餅、雞仔餅、嚤囉酥、花生糖等等，真的數之不盡，麻雀雖小，五臟俱全。最特別的是小小的砵仔糕，黃的白的，一口一個，賣得最多。還有蒸雞蛋糕，連傳統的炒米餅都有。

購買糕餅的人不少，看到已經有四五個人在等，我就排在他們後面。站在我旁邊的阿叔說：「這家老餅家在農曆年時會賣角仔、笑口棗、蛋散、牛耳、糖環、蘿蔔糕、芋頭糕，亦有多款煎堆，例如九江煎堆、龍江煎堆、大花頭煎堆、小花頭煎堆等，全部由人手製作，必食的是豆沙角及芋角。」

站在旁邊的大嬸也忍不住搭訕說：「這家店在中秋節時出品的月餅才最精彩呢！帥哥們你聽過五仁月餅嗎？這裏中秋節的月餅中最有特色的五仁月。做出靚月餅的關鍵之一在於用料，老闆大黃生說：他們全部真材實料。五仁月用料包括瓜子、核桃、欖仁、芝麻、杏仁，還要加入火腿絲、冬瓜條等。比如瓜子、核桃、欖仁、芝麻、杏仁，都是從上環老舖搜尋回來的靚料，除了分量大之外，還色澤均勻，咬下去啖啖肉。因為真材實料，連一些有字號的餅家都向他們買餡料。」

那個阿叔又說：「小店店面雖小，但月餅品種並不少，中秋節時供應十六種月餅，除了受歡迎的五仁月和金華火腿月，還有蓮蓉和白蓮蓉，各有無黃、單黃、三黃、四黃四種；以及豆沙、綠豆蓉，各分無黃、單黃、三黃幾種。」

聽着聽着，輪到我了，店員問我要什麼。店裏的糕點款式多得很，真的花多眼亂，我只好選了童年時喜歡食的糕點，我說：「砵仔糕、白糖糕、雞蛋糕各一件。」

也許因為周圍太嘈雜聽不清楚，店員再問：「輪到你了，你到底要什麼呢 ?」

我大聲一點說：「砵仔糕、白糖糕、雞蛋糕……」想不到後面響起一把年輕女孩子的聲音，也說出同樣的糕點名字。

店員問：「多少個?」

「各一個!」我們竟再齊聲答。

我這才發覺不知何時我的身後站了一個穿T恤牛仔裙的女孩子，也許她以為店員是問她，才剛好和我一起回答，但奇怪的是我們竟然買一樣的糕點!

面。

我和她尷尬地站在一旁等待店員拿糕點，此時，我看見她及肩長髮配襯着清秀的側

店員把裝好的糕點放在櫃檯上，我和女孩也沒有拿，想讓對方先取，然後拿下一包，但店員竟停下了動作。

「我也是要砵仔糕、白糖糕、雞蛋糕各一件。」我只好對店員說。

「你們不是一起的嗎？」店員問。

我看見女孩臉上一紅，連忙搖頭，我也忙道：「不是啊！」

「小姐，你先拿吧！」我對那女孩子說。

她抬頭看看我，說聲謝謝，這時，我看到了她的正面。

然後，看着她的背影遠去。

3 公園裏花槽的一角

第二天，我推掉客戶的午飯約會，還是去生隆買糕點，餅店前站着幾個吱吱喳喳的女孩，但沒有一個是昨天的那個她。

今天，我選了蓮蓉、番薯燒餅和芋頭糕。

坐進公園裏花槽的一角，我拿出糕點準備吃，卻聽見遠處傳來「唧唧」的咬噬聲，像夜深時聽見老鼠偷吃東西的聲音。

我循聲看去，看見一個女孩子，正在全神貫注地吃着一個燒餅，她吃燒餅的模樣有點怪：她用兩隻手的拇指、食指、中指一齊，用力地夾着燒餅，然後沿着餅邊，一小口一小口的咬下去，咬噬得細而密，吃完餅外面的一框，再回轉來吃裏面的一框，一個餅，要往復一次才吃完，咬噬的動作卻快而密。

我想起來了，童年時養過的小白兔，就是這樣，用兩隻手緊抓着蘿蔔，然後一口一口緊密的咬噬，一小節一小節的把蘿蔔吃完。

想不到，在這個小公園裏面，會遇上一個吃東西像小白兔的女孩。

之後她還吃了花生糯米糍，也許因為吃時掉落許多花生碎，她從小手提袋裏拿出一包紙巾，彎低身，在沙地上一粒一粒地檢起丟到上面的花生碎。

好奇怪的女孩，吃完了東西，還會清理公園的地面。

這時，我也吃完了我的燒餅，好奇的想走近去看這個像白兔的女孩，走了幾步，到了我視線可辨認清楚的範圍時，我怔住了。

是昨天那個和我買同樣糕點的女孩。

這時，她聽見腳步聲也抬起頭，像受了驚一般，也怔怔的看着我。

「你天天也會買糕點來這裏吃？」

她愣一愣，搖頭說：「我只在心情有點壞的時候，才獨自躲起來吃糕點。」

也許我們雙方都覺得這對答有點怪，這之後，就無言地低頭，各自朝相反方向走。

走了三、四步，我回轉頭，向她嚷：「你知道自己吃東西時的樣子像兔子嗎？」

她停下步伐，兩秒、三秒，才回轉頭來，說：「我知道，所以我的中學同學叫我『阿兔』。」

說完她笑起來，露出一對可愛的兔仔牙。

「我叫阿天。」我說。

※　※　※

這天之後，是星期六，這一區的公司多不用上班，就算要加班，也不會留在這一區午膳。

但我沒有閒着，我到街坊稱為玩具街的福榮街的精品店走了幾轉。

原來，要找小兔的精品並不容易。

因為復活節還有幾個月才到，復活兔還未出現在貨架上。

也因為中秋節剛過，連有小木輪且可以提走的小兔燈也沒有了。

唯一的選擇，似乎是賓尼兔，但總覺得牠太男性化。

挑來挑去，找不到適合的，於是走着走着，我又回到生隆餅店，還是送她糕點吧！要挑耐放一些的糕點，例如摩囉酥、蛋捲、炒米餅之類，想不到這裏還有棋子餅，於是我也買了一些。中秋節剛過，我看到店裏還放着一些很精美的月餅盒，於是我請店員賣一個給我，我就把這些糕餅放在月餅盒裏面。

到了星期一的下午，我拿着裝滿糕點的月餅盒，來到了小公園，但尋遍了公園的每個角落也找不到她。

我害怕再見不到那躲在小角落吃蘿蔔的小白兔。

等到一點五十五分，我才失望地離開公園。

明天再來吧，但我害怕糕點多擱了一天會變硬了。

步出公園時，我與一個人撞個滿懷。這個人，只顧低頭走路不看人，撞到了人，只輕聲丟下一句「對不起」。

「對不起！」輕聲一嚷，我記起來了。

「阿兔！」

她抬頭看我，臉上有淚痕。

「怎麼了？發生了什麼事？」

也許是我太緊張的表情嚇壞了她，她後退兩步，好一會才說：「剛跟男朋友吵架。」

男朋友？我的心比變冷了的糕點更僵硬了。肯定是他欺負她！

我不知道該說什麼，看見她手裏拿着裝食物的袋子，我將月餅盒藏到身後，竟沒勇氣將它送出去。

「兩點鐘了，你不是該回去上班了嗎？」

我愣一愣，無奈地說了聲：「對呀！」

我步出公園的時候，回頭看她，她已隱沒在靜靜的角落。

看着手上的月餅盒，我還在想，好不好回頭去送給她，告訴她：傳統的中式糕餅裏有家中長輩的祝福，吃了能增強面對困難的能力。

想着想着，我又撞在另一個人身上了，但今回的這個，是個結實的身體。

「對不起！」我説。

「天，怎麼是你，行路不帶眼！」

是Dick師兄。

「你的月餅盒網頁怎樣？」

「那網頁？我已幾天沒看了。」

「我上過去幾次，反應不錯呀！」

「是嗎？」我應了幾句，就推說趕上班去了。

4 爸爸的背影

接連幾天，不知道阿兔有沒有再去那公園，因為，我也沒有去。

一個女孩子——一個好女孩——一個有男朋友的好女孩，不知道會怎樣對待另一個渴望對她好的男子？

百思不得，唯有上網找答案。

月餅盒網站裏面，有許多女孩子和男孩子的回憶。

那個叫鳳姐的，竟在網上分享她 One night stand 的經驗，我考慮用我站長的權力去刪除她的檔案。

有個叫芬芬的，說男友若知道她有另一個男人，會用滿清十大酷刑去對待她，對每種酷刑，描繪細緻，我懷疑這個叫芬芬的，可能是個男人，更可能是個同性戀的男人。

還是看看 Cookie 的吧！看得出 Cookie 是個細膩的女孩，她的文字十分耐看。

她這樣寫：

回憶裏面，最常出現的是父親的背影。

小時候，他常背着我到處去。他剪了陸軍裝，像毛刷一樣的短髮觸到我的臉上，會有一陣麻癢。

後來，他還是留着陸軍裝，卻很少背我了，因為，他很少回家。

最後看見那短短頭髮的背影，是我十一歲的時候。

他和媽媽大吵一場之後，摔破了家中所有摔得破的東西，背轉身，頭也不回地走了。短短的頭髮，又粗又僵硬的脖子的背影，給我留下很深的印象。

那次之後，他沒再回來，那短髮粗硬的脖子背影，我也再沒見過。但每次，見到像爸爸的脖子背影時，我總會全身一震，因為，那背影，代表了痛苦的歲月回憶。

那一次爸爸走了之後，剩下媽媽和我，媽媽成了現代社會所說的單親，我也被迫成了單親家庭的孩子。

那次之後，媽也再沒有在我面前提起爸爸。

媽很堅強，從沒到外面工作的她，找了一份辦公室清潔的工作。

表面上，她像很快樂，但夜裏，常聽見她坐在牀畔啜泣。

我很害怕，不敢起牀問她為什麼哭，只好把被蓋過頭，假裝什麼聲音也聽不見。

Cookie 在第二篇回憶文字裏說：

爸爸還在的時候，在農曆新年和中秋節的時候，媽媽常常會到糕餅店裏買來應節的糕點和月餅等等回家和我一起品嚐。媽媽喜歡吃中式糕點，尤其喜歡吃白糖糕，白糖糕中不只有甜味，還有酸味，她說，甜甜酸酸，就如人生。

她那時還沒想到，人生，會是如後來般苦澀，不只有甜和酸。

爸爸走了之後，我和媽媽度過了一個最溫馨、最幸福的中秋節，她吃着月餅，臉上露出了少有的燦爛笑容。

笑容，愈來愈少在她臉上出現。在我十一歲那年，她患了末期癌症，從此以後，沒再見過她的笑容，也沒再和她一起吃過中式糕點了。

我也由單親家庭的孩子，變成沒有親人的孩子，之後被送進了兒童宿舍。

十六歲那年，我遇上了第一個男朋友 Philip，雖然只得十六歲，我已決定要嫁給他，因為很想很想有自己的家，可以自己做一些中式糕點給他吃，給我們的孩子吃。

在我的回憶裏，中式糕點象徵着幸福。

但在十七歲那年，Philip 離開了我，頭也不回，那又冷又硬的脖子背影，跟爸爸走的時候一模一樣。我看着，連續打了幾個寒噤。

因為那又冷又硬的脖子一模一樣，我知道 Philip 跟爸爸一樣，是不會回來了。

那一次之後，我有四年沒談過戀愛，甚至害怕男人，直至四年後，遇上了現在的男朋友。

他對我好得沒話說，他雖然有點大男人，卻是一個負責任、值得信任、可以付託終身的男人。

我告訴自己：該嫁的男人是他了。他是個事業心很重的人，認識他之後不久，他已是常常忙於工作，忙於為升職加薪打拼，可以和我一起的時間愈來愈少。他說要買豪宅，要成為高層，要分到公司的股份……

直到今天，他到理髮店剪了一個短短的髮型，他說連 Tesla 的馬斯克，也是這一種髮型的。他轉身時，我看清楚了他的脖子，機伶地打了一個寒噤。

我又想起了那又冷又硬的脖子背影。

我感到我愈來愈不認識他了，我和他的距離愈來愈遠了……

因為聽到媽媽從前常去買中式糕餅的均香餅家被迫結業了，今天是營業的最後一天，我想在它結業之前再去光顧一次。

今天，他駕了車來接我，說要慶祝他完成了一個在上海的大 Project，要帶我去尖沙咀廣東道的名店，給我買名牌手袋。

「但是我想去均香餅家多一點。」

我對他說起媽媽從前常到那裏買糕餅的往事，但說不上兩句，他已顯得有點不耐煩。這陣子他工作很忙，我們很少見面，想不到難得見上面，我卻差點跟他吵起來！

他說：「這些小餅店被淘汰是正常的事，大型餅店的出品比這些小餅店好多了，而且不會放豬油、蛋黃那些不健康的材料。你喜歡吃這些，我帶你到尖沙咀那間排隊名店買好了！」

我說：「現在香港的老店舖很多已關門了，沒有關門的，連招牌也被拆掉。多希望這些老店可以經營下去……」

「那些店開了幾十年，店主都老了，體力不好手腳慢，產品的質素也不會好到哪裏！」

「希望他們的下一代可以接手經營下去吧！」

「下一代為什麼要接手呢？這些老店還有什麼前景？下一代有他們自己追求的。現在國家和大灣區這麼多發展機會，為什麼要把他們困在香港？困在老店裏呢？外面的發展多的是，為什麼要故步自封，留在過去的回憶裏？」

我想告訴他：值得我懷念的只有回憶。他將手放在我的肩膊上，把我擁緊，說：

「我已經請和我們合作的上海大老闆的秘書幫我預約了那間品牌名店，請他們預留一個限量版的手袋給你。我們快去吧，給別人買去就不好了！」

「但是我還是想去均香餅家那裏，店子不遠，就在深水埗……」

我的話未說完，他就說：「今天下了點雨，那種髒地方會弄髒我的車子的！」

「那麼我們乘地鐵去吧！」

「乘地鐵更不好了！今天假期，那種交通工具很擠！自從買了車之後，我告訴自己不要再和那些人擠地鐵、巴士了！」

「那麼我自己去吧！」

「為什麼一定要去呢？」他有點動氣了。

我解下了安全帶，幾乎想推開車門出去。

他把車子煞停，帶點氣惱的說：「你去吧！你去了那個名牌手袋就不會留給我們了！他們說只會留到今天！」

我愈來愈不認識他了，或者根本我從來沒有真的認識他，或者，自從他的公司和國內一間大機構合併之後，他的工作愈來愈忙，他往返國內的時間愈來愈多，他的車子換了 Tesla，他身上的名牌服飾愈來愈多之後，我便不大認識他了。

下了車之後，我自己往均香餅家的方向走去，走着走着，淚水不禁奪眶而出了。

※　※　※

我給 Cookie 發了一個電郵，寫上：

也許，當你遇到真愛時，就不會再害怕看見他的背影了。人生不錯是有苦澀，但我們可以選擇只把甜味和酸味，加進回憶的月餅盒裏面。

今天夜晚，我約了 Dick 師兄吃晚飯。

前幾天，他打電話給我，給我提議許多方法去改良月餅盒網站，例如，可以加添網友的祝福，可以造成各式月餅放上去，Click 一 Click 它們，就會出現祝福句語。

又例如可以加上些網上投票，當網友在生活上遇到疑難時，其他朋友可以提供意見，然後表決。他還說：愈來愈多人進這個網站，這個網站的 Hit rate 愈來愈高，說不定將來可以賣個好價錢呢！

他提出了很多很好的意見，因此，我在低迷的心情下，仍然邀他出來吃飯。

Dick 師兄準時來了，他還帶來了一個人。

「這是我的女朋友 Rabbit。」Dick 師兄介紹。

我站起身來與她握手，手才伸出去，卻僵住了。

是阿兔。

她看見我也呆住了。

「這是我的師弟阿天，我們今天晚上有許多IT問題要談，怕要把你悶壞了。」

阿兔坐在我的斜對面，我們怔怔的說不出一句話。

沒到點食物的時間，她卻站起身來，說：「你們既然要談電腦問題，我還是怕悶，我出去逛一會，你談完再來找我吧！」

師兄不以為意，送了她出去，就回來跟我大談他的構思。

我這晚百感交集，竟是一句也沒聽進去。

回憶，原來免不了會滲進些苦澀味。

5 八仙餅店的唐餅義賣

個多月後的某天，我百無聊賴到處溜，乘地鐵到了深水埗站，在D2出口出，走到黃金電腦商場，又轉到高登電腦廣場，之後又逛了深水埗的玩具街福華街一會，然後路過南昌街，經過這間遠近馳名的八仙餅店。

路過一個義賣糕餅籌款的攤位，攤位上的文字說是一位善長從八仙餅店訂了很多傳統糕餅來義賣，為一些慈善機構籌款。

我被一個穿黃色T恤的太太攔住，她叫我慷慨解囊，我說：「我會買的，但是你可以為我介紹一下這間有傳統特色的舊餅店嗎？」

「我懂的不多，還是請店員為你介紹吧！」她說着走進店中。

一個約莫六七十歲的嬸嬸從店裏跑出來，在百忙中抽空為我介紹。

「一九六六年在長沙灣開業的八仙餅家，前身是長沙灣道『八仙大茶樓』唐餅部。到一九七九年酒樓結業，老闆希望保留唐餅，於是以『八仙』的名義另外開店，由長沙灣道搬至南昌街這裏，一直經營至今。其實八仙以前就像現在的蓮香一樣，本是一家茶樓，門口有一個小餅店，這是七八十年代、你爺爺那一代的老香港最原始味道的茶樓文化。」

「那麼這裏有什麼特色糕餅？」我問。

「當然有，你看了一定很震驚，這一定是其他餅店沒有的！」她進入店後面的餅房，拿出兩個叉燒蠔豉酥。

叉燒加蠔豉這個搭配實在是太令我震驚了，叉燒的肉味再加上蠔豉海味的味道，特價才十多元一個，令人一試愛上。那味道真的很難形容，味道香濃，醬料濃度配得剛好，新鮮出爐奇味無窮。

「真的第一次看到這個叉燒蠔豉酥呢！」我讚歎。

「這味道是以前的老風味，現在很難吃到了！」她說。

「除了這個還有其他好介紹嗎？」

「這裏的皮蛋酥比坊間一般的大，八仙的做法就是加了一些麻醬、花生醬添了點甜味。老婆餅有大小兩種，杏仁餅很受老人家歡迎，還有香椰堆，其他有名的老餅店都很少賣。除了一般的唐餅，這裏也會做一些應節食品，過年時的年糕、蘿蔔糕、油角、蛋散啦，中秋節的月餅是一定有的。端午時才有的裏蒸粽是另一個招牌貨品，比一般的鹹肉粽大四倍呢！慢慢挑選吧！今天的營業額都是捐給那個慈善機構的。」那位上了年紀的店員說。

正在選擇時，我彷彿被什麼影像吸引住停步。我的腦海裏面，掠過一個穿黃色T

恤、短頭髮的女孩子身影，她也是幫忙義賣的義工。

我回轉頭，空氣在剎那間凝住了。

是阿兔，她剪短了頭髮，短到看得見耳朵，但那不是小白兔的長耳朵。

我躊躇着，卻一步一步向她走近。

「先生，買一些糕餅吧！今天的營業額都是捐給慈善機構做善事的。」她拿着一籃子糕餅迎上來。

她走到與我相距一步之遙時，停住了。

「是你……不好意思。」

「我正在挑選，我會買的。」我忙道。

她搖頭，猶猶豫豫的。

「我會買的……」我說，匆忙掏出了一張五百元鈔票。

「你要什麼糕餅？」她問。

「我想要叉燒蠔豉酥、皮蛋酥，還有雞蛋糕、棋子餅。」

她點頭，不一會，遞給我包好了的糕餅，說：「謝謝你。」

然後，她沒再說什麼，轉身又向人來人往的街道上的人羣中走去。

胡亂逛了街兩小時後，我再到南昌街八仙餅店前流連，看見阿兔和其他義工已經開始收拾東西，似乎義賣活動已經結束了，我也上前幫忙他們執拾。

阿兔看見我，沒跟我說話，卻也沒拒絕讓我幫忙。倒是其他義工看見我在她身旁、便問：

「這是你的男朋友嗎？他來接你吃晚飯吧？真體貼啊！」

收拾好攤位，我和阿兔一起離開，一路上，阿兔沒說一句話。

「對不起。」我只好說。

「你並沒有對我不起。」她淡淡的說。

走到南昌街休憩處的小公園石凳前，她坐下來，說：「你可以請我吃你剛才買的糕餅嗎？」

我給了她一個皮蛋酥，自己吃另外一個。

「你說你不開心時才吃糕餅，現在，你是不開心嗎？」

她沒回答我，只自顧的用兩隻手捧着皮蛋酥來吃，循着皮蛋酥的圓周一圈，細口細口地咬噬，吃得入迷，全情投入。

到吃完了全個皮蛋酥，我遞給她一張紙巾，她蹲下身，執拾地上的餅屑。

「還是新鮮烘好的皮蛋酥好吃。」

我把吃剩的半個叉燒蠔豉酥放進口中，點頭。

「為什麼你沒有掉下餅碎？」她問。

「因為我的口比你的大。」我說。

沉默了一會，她才又道：「小時候，我哭了或者不開心，媽媽就會買中式糕餅給我吃；她要獎勵我的時候，也會買砵仔糕、白糖糕給我吃，媽媽最喜歡吃白糖糕了。所以，在我的回憶中，吃中式糕餅代表着得到快樂和幸福。」

「我年幼的時候，每次被爸爸打完，嫲嫲就會拿出她的月餅盒，打開來讓我們挑裏面的牛舌餅、雞仔餅和棋子餅。在我的回憶裏，中式糕餅代表着安慰和鼓勵。」我說。

說完，我們相視而笑。

「中式糕餅有治療、安撫的作用，你知道嗎？」我問她。她搖頭，一臉疑惑的樣子，很可愛。

「我覺得中式糕餅中還有很多創意又奇妙的組合，你看這個叉燒蠔豉酥，裏面的材料就是很奇妙的組合，味覺也很奇特，吃了會充滿力量，有勇氣去面對難關。」

「你說得太精彩了。」

我拿了雞蛋糕給她，糕餅的袋子裏只有棋子餅了。當我伸手進袋裏拿棋子餅的時候，聽到她說：「我不要雞蛋糕，我也要棋子餅！」

那一次，和阿兔在石凳上聊得很開懷之後，她並沒有留給我電話號碼，只給了我她的電郵地址：Cookie@gmail.com。

同一夜，我進了自己的月餅盒網站，翻看 Cookie 的餅罐，看見她今天的新回憶，是這樣說的：

上星期三，第一次和男朋友吵架，相識一年多，以為遇上了好男人就不會吵架了。

吵架的原因，只是因為他想擁抱我。

一個擁抱而已，但那一刻，我不想。

以前，他也擁抱過我許多次，但那一刻，我不想。

我突然嗅到了中式糕餅的味道。我推開了他。

那是什麼糕餅的味道呢？是棋子餅！還記得小時候，我是小兵，他是小卒。前幾天，八仙餅店的義賣活動後，我很確定我和小卒已經重遇了！

中式糕餅的味道，令童年時的種種回憶充滿了我的腦袋，令我推開了他。

之後他走了，頭也不回。他的背影，好熟悉，我微顫了一下。

他最近剪了頭髮。剪短頭髮，令他的脖子看起來粗了、硬了、變得無情了。

為什麼？男人的背影都這樣無情，世上沒有肯為女人回頭的男人嗎？

有的，我曾遇見過這樣溫柔、充滿愛的背影，雖然那只是小男孩的背影，但我一生也不會忘記。

他在比他高一半、鐵青着臉、青筋暴現的爸爸面前，毫不畏懼的拖着我走，就是那個背影，一次又一次的拯救了我，逃離被爸爸暴打的厄運。

現在，我再次遇見了這個人，我和他一起的時候，我特意放慢了腳步，想看看他的脖子、他的背影。

但是，他的頭髮較長，看不見脖子。

他的背影——說來很奇怪，因為，他轉身的時候，我嗅到了棋子餅的香味。

他還對我說：「中式糕餅有治療作用。」

太精彩了。我想起讀小學的時候，我寫過的一個故事，一個善良的醫生為了醫治一隻患了病的老鼠，每天在牆角落放下一些滲了葯的老婆餅。到了某一天，醫生放下整塊老婆餅也被老鼠吃掉了，他知道老鼠已經康復，露出了慈祥的笑容。

這個醫生身上，也該會有一陣中式糕餅的香味吧！

※　　※　　※

原來，阿兔就是小兵，其實我一早猜到。

看完 Cookie 的整個回憶餅罐，我有點內疚，因為我窺探了阿兔的內心秘密。

其實，我早已經隱約知道她就是我在童年認識的那個，知道了阿兔就是小兵之後，我沒有再特意到小公園找她，因為，我知道她的心很亂，很矛盾。

雖然她吃中式糕餅時的樣子很可愛，但我不想看見她因為不開心才吃中式糕餅。

我只有每天在網上給她送上祝福和問候，但她不會知道那是我，我只是用站主的名義送給她，我還每天給她傳送糕餅的問候卡。她會以為，這是一個很貼心的站主。

6 只為那四十五分鐘

然而，某一天，我決定再到小公園找阿兔，因為我從月餅盒網上的留言中，知道她最敬愛的中學老師急病死了，她很傷心。

在小公園裏，果然遇上她。

我送她白糖糕，因為它又酸又甜的味道，代表了人生的不同際遇，令我們或喜或悲。我將這意義告訴了她。

她說：「謝謝你，你怎麼知道我不開心？」

「你不是說不開心才來吃中式糕餅的嗎？」

她點頭，眼睛裏有淚光。

我遞過紙巾給她，說：「從前媽媽和你一起吃中式糕餅，本來是開心的事，為什麼現在不開心才吃糕餅？」

她想一想，說：「因為長大之後，不開心的時候多，所以這麼珍貴的快樂象徵，只是在很不快樂的時候才能拿出來安慰自己、拯救自己。」

我想說：「下次遇上不開心的時候，告訴我好嗎？」

我們分別的時候，阿兔說：「你走慢一點好嗎？」

「為什麼？」我問。

「因為，我想好好看看你的背影。」

※　※　※

漸漸，我和阿兔在小公園裏見面的次數多了。

應該是，一星期上班的五天中，有三天，她會在小公園吃中式糕餅午餐。

我本來不大會用中式糕餅來做午餐的，但不知不覺，已經有兩個星期在這裏吃午餐了。

我不知道只吃中式糕餅會否為她供應一天足夠的營養，只好每天為她買來甘筍汁、奇異果汁、芒果鮮奶之類。

「怎麼你每天買來的飲品也是不同的？你好花心。」阿兔今天突如其來說了這一句。

我窘極了，只懂結結巴巴的道：「不……不是啊！我只是想給你各種足夠的營養……」

她聽了直笑，很滋味的喝着果汁。

「你身上不只有中式糕餅的味道，還有果汁的氣味。」她說。

「果汁是什麼味的？」我問。

「維他命的味道、健康的味道。」她笑說。

「你知道嗎？你別轉身的時候，背影會留下味道。」她又說。

「那又是什麼味道？不會是臭氣吧？」

「是親切的味道。」她說。

我聽了，感到很溫馨，真的，很溫馨。我想起這連續十幾天有一齣很好的音樂劇在公演，忍不住興奮地問她：

「你喜歡看 Musical 嗎？有一套很好的音樂劇叫《Sunset Blvd》，如果你想看，我可以問朋友拿到票。」

還未說完，她已經搖頭。

為什麼搖頭，是不喜歡看 Musical，還是，因為那是晚上演出的？

我想起，我和她，從來沒有晚上的約會，也從沒有在晚上見面，除了，跟 Dick 師兄那一次。難道，晚上，是留給 Dick 師兄的？

晚上不能見面，彷彿成了我和阿兔的共識，或者隱諱。

是不是跟有婦之夫、有夫之婦一樣，晚上，一定留給正式的另一半，或者家人？

原來，我不是不能見光，而是不能見黑夜的。

那午間那沒約定的約會，又算什麼呢？

我們兩個人誰都沒法否認，那是最賞心樂意的約會。但，我們也許都不敢承認，那是一種約會。

只因為，我們中間，有一個不知道這種約會存在的人。

我明白她的苦處，她是一隻容易受驚的小白兔，一旦驚嚇了她，她會躲在草叢裏不再出來。

這個晚上，我捺不住再上 Cookie 的餅罐，偷看她的回憶。

Click 開了版面之後，我感喟，長長的感喟。我不想只存在於她的回憶裏，我希望成為她的將來。

這天，她這樣寫：

也許我是一個罪人。

不忠於一個對你好的人，就是罪人。

雖然，那只是午間一同吃飯，甚至不是吃飯，只是吃中式糕餅。

在任何人看來，這也不算不忠；只有一個人明白，那是的。

沒法隱藏心底的喜悅與依戀，我可以為自己定罪。

不想抹掉，也不想令每天愉快的相約減色。因為，這四十五分鐘的相約，是全天二十四小時的支持，讓我有撐下去的理由。

一天的苦樂，只為那四十五分鐘……

在星期六、日不用上班的時候，我簡直度日如年，那星期五的四十五分鐘的歡愉，不夠支撐爾後四十八小時的煎熬。

更糟的是，那四十八小時裏面，我通常會和另一個他一起。他，也許可叫做 Cookie Monster —— CM 吧！

從前，我覺得和 CM 一起是快樂的，因為，他能夠給我很多很多的安全感。但現在，安全感化成了一個籠牢，他是這個籠牢的監守者，隔絕了快樂、隔絕了歡愉、隔絕了愛。

和他一起吃飯的時候，我珍惜那靜默的一分一秒，回味那中式糕餅的餅香。

他轉身的時候，我合上眼睛，不敢看那脖子。此際，充斥在心裏的，是那長頭髮的温柔的脖子。

和他一起看科幻電影的時候，我多麼渴望，那是和另一個他一起看的《Sunset Blvd》。

CM會帶我去不同的地方吃法國菜、意大利菜、印度菜、雲南菜，然而，他從沒關注過我吃了些什麼。

只有另一個他温柔的說過一句：我只是想給你各種足夠的營養。

我已經泥足深陷了，已經不能自拔了，已經徹底地墮落了。

現在，方才明白什麼是執迷不悔。

說到執迷不悔，我和阿兔是一樣的。

我決定，鼓起勇氣，在我們開始之前，向 Dick 師兄說明一切。

說是待取得他的同意後，我們才光明正大地開始，又似乎有點滑稽。

有哪一個男人會同意自己的女人跟另一個男人有任何開始？

然而，我不能讓自己心愛的女孩獨自承擔這種不該受的罪責與內疚。

我寧願，受一頓毒打，去換取阿兔的自由，還是，我該跟 Dick 師兄來一場決鬥？

不，我不能跟 Dick 師兄決鬥，我只該受他的打。

為了這一趟忘恩負義，這一番橫刀奪愛，這一種稱為朋友妻……

剛巧，舊同學阿潘約我出去喝酒，去的人當中，有 Dick 師兄的份兒。

也好，喝點酒可以壯膽，喝醉了，被打也許沒那麼痛。

酒吧裏，Dick 師兄已經先到，幾個師兄，在談得口沫橫飛。

「阿 Dick 啊，在中學時暗戀他的女生真多，沒法子，能文能武，籃球打得好，電腦科又稱冠全校……」

「對啊！如果要追，哪個女生追不到手！」

愛抬槓的 Paul 不懷好意的瞅着我，說：「說來，也有一樁啊！低我們一級的師妹！」

「對啊！我們看出她對你也很有好感，為什麼後來沒成事？」

Dick 師兄沒言語，只是搖頭。

Paul 又說：「那個女生啊，後來成了阿天的女朋友……」

是 Jasmine？她曾經跟 Dick 師兄……

「是你讓給阿天的吧！為什麼不來個公平競爭？」我素來覺得 Paul 很討人厭，他總愛火上加油、落井下石。

「不要再說了，幾十年前的事了。」Dick 師兄喝一口酒，「你是我的兄弟嘛！怎可以和你爭？和你爭的話，贏的一定是我，勝之不武呀！比Jasmine更好、更漂亮的女孩還有很多，何必令你我傷和氣！」

那天晚上，我打電話給Jasmine問：

「你在和我一起之前，曾經和Dick師兄一起嗎？」

她說：「沒有啊！我們還沒有開始。那天，在籃球場上，他對我說：『聽說天約會你了，是嗎？我是不會跟師弟爭女孩子的。』說完，他完全沒理我的反應，彷彿，我是他預訂了的禮物，有另一個人想要，可以完整地讓給別人。」

換了是我，我不會將自己要的讓給別人，但那個在酒吧的晚上，我什麼也沒對Dick師兄說，只是一個人在喝悶酒。

在喝醉之後，是Dick師兄將爛醉的我送回家。夢中，我回到大學二年級，我和Dick師兄一起上台領獎的一刻，我和他是橋牌大賽的冠、亞軍。

我和Dick師兄是大學橋牌組的成員，Dick師兄是組長，組員來了又去了，只有我和Dick師兄始終是這個組的核心成員。Dick師兄帶着我在大小橋牌比賽中衝鋒陷陣，我們在比賽中得過許多獎項。他曾對我說：「你是我的兄弟，是我的團隊最好的下線！雖然許多組員都離開了，但唯有你從沒有臨陣脫逃，有你和我一直留在這橋牌組中，和我一起爭取佳績，你是我永遠的好兄弟！」

實在沒勇氣說，因為，那人是Dick師兄。

7 重生的老餅店

明天就是星期一了，會在小公園見到阿兔嗎？

這一晚，Cookie 在餅罐裏是這樣寫的：

快點到星期一就好了，不只要快點到星期一，還要快點到星期一的一點鐘。

這晚，我合不上眼睡覺。

這夜我和阿兔一樣，有個不眠的夜。

星期一，我沒有去小公園。

星期三，因為幾天的失眠，起牀之後，頭痛欲裂。

這天，我沒上班。

已經五天沒見阿兔了，由星期五到今天，不知道她怎樣了。

看回 Cookie 昨天在餅罐上的留言：

好不容易盼到星期一，卻失望了。

然後是星期二，已經四天沒見到他。

他不會再來小公園了嗎？

在小公園裏的四十五分鐘，我幾次嗅到棋子餅氣味，追上去卻不是他。

看見一個長髮的背影，我走上前去，也不是。

他不會再來小公園了嗎？是因為我沒跟他一起看《Sunset Blvd》？

還是……他病了……還是……他遇上了意外……

我好亂，度秒如年。

在這度秒如年的日子裏，我在網上的新聞中看到了一則讓我有點驚喜的消息——媽媽從前常去光顧買糕餅的老餅店，之前曾經因為業主加租被迫遷，因找不到合適舖位繼續做生意而被迫結業。但是，最近它竟然可以在隔鄰的舖位重開！這對我來說真是一個大好消息，我急不及待想去光顧！

可是，我不想自己一個人去，於是我將這這則消息轉貼在月餅盒的網站上，我知道他一定會看見，一定會明白我為什麼會貼上去的！

均香餅家，四十多年來專注做傳統唐餅，招牌南乳雞仔餅，手工製作，外皮酥香帶甜香，裏面餡料有用糖醃過的冰肉、南乳、薑蔥、乾蔥頭等，口感黏韌，香口非常。另外，炸角仔又是好吃，香口酥脆，除了傳統自家炒製的花生餡，近年又加入朱古力，配搭出陳。臨近端午，店家又推出紅豆蛋黃鹹肉糭、三色豆蛋黃鹹肉糭、素糭等。

吳生兩夫婦經營均香餅家接近四十年，吳生兩夫婦依然堅持人手製造。除了天天出爐的麪包唐餅，農曆新年時還要趕工做角仔。每天炸起約二千隻角仔，依然供不應求，所以每人限買半磅，為配合年輕人口味，還推出榛子朱古力味角仔。吳生年輕時做過麪包店學徒，兩人結婚後，一九七九年在上海街以上層餅房、下層茶餐廳的形式經營茶餐廳餅店，被業主加租結業後，一九八三年又在荃灣重新開業，正式命名為「均香餅家」專賣麪包，還會不時向區內長者義贈麪包，後來再被業主逼遷，終於在一九九一年正式扎根深水埗北河街。

這家開業超過四十年的深水埗老字號唐餅店，之前因不敵加租，一度結業，轉戰網上開設網店，在自設工場繼續做唐餅。近月終於重回深水埗，在原址旁邊舖位重開，帶回多款唐餅，相信最高興必然是一班街坊。對幫襯多年的街坊而言，南乳雞仔餅、角仔，還是能夠看着新鮮出爐的。終於，均香餅家正式回歸，在原址鄰舖重開。

看到阿兔最新的貼文，我立即乘的士到北河街二〇五號的均香餅家，等了一小時兩小時沒見到她。然後，第二天我又再去，再等了兩小時，願望還是落空了。因為兩天沒睡好，此刻我的頭痛欲裂。

沒意識的走呀走，來到石硤尾邨，赫然那坐在花圃旁邊的石凳上的，不是阿兔嗎？還是我眼花？

她看見我，眼中有淚，走近來，委屈地：「很餓了，還是捨不得吃專誠買給你的南乳雞仔餅和朱古力角仔。」

她把小盒子遞給我，我要打開，她卻搖頭。

「冷了、硬了，不好吃。」

我搖頭：「只要是你買的，就是最軟、最香、最好吃的。」

我們坐在水池旁邊，一起吃完那幾個南乳雞仔餅和朱古力角仔。

吃了它們，我什麼頭痛都消失了。

阿兔笑說：「吃中式糕餅會治病。」

我看着她可愛的笑、可愛的小兔牙，着魔了。

我們在花圃旁坐了很久才送她回家。在她家樓下，我問她：

「明天晚上，我們去看《Sunset Blvd》，好嗎？」

她問：「還未演完嗎？」

我搖頭，說：「美好的東西，會永遠為我們留住。」

她點頭、甜甜的笑。

阿兔，這是我對你的承諾，永遠把美好的東西留給你。

※　　※　　※

我在演藝學院外面等了三個小時，阿兔沒來，天還下着微雨。

這時，我才發覺，我是沒有她的電話號碼的，但，就算有，我也不會打。可以來的話，她一定會來的，不來，一定是有苦衷。

雨未下完，人卻散了，大羣人從裏面出來，都在討論着劇情。

劇情，我早知道了，只是，想拿最好的和阿兔分享。

人散了，一個人走在灣仔街頭，也許，此刻可以跟她分享的，是今夜的冷風和冷雨。

我有太多話想跟阿兔說，但這夜，她沒有上月餅盒網站。

第二天、第三天，她再沒有到小公園，也沒有上網。

這是為什麼？

難道，一個夜晚的約會，就戳破了這個不該發生的神話？

8 淚水把電腦浸壞了

第四天，我再去小公園的時候，意外地發現在椅背上黏着一封信，信封上寫着一個大字：「天」，和一個小字：「兔」。

我急急打開這封信。

天：

那晚我沒有去，你等了很久？深夜，還下了點雨，下雨的時候，你已經回家了嗎？

我沒有去，因為，我知道自己不該去。

記得嗎？那一夜十一點鐘，你送我回家，幸好我堅持不讓你送我上去，因為……Dick 在門口等我。

原來，是因為Dick師兄，我失望！那是不該有的失望；我嫉妒，那是不應該的嫉妒。

那個晚上，發生了我和阿兔都意想不到的事。

喝得醉醺醺的Dick師兄倒在阿兔家門外。

阿兔將他扶進家裏，替他敷熱毛巾、給他喝熱茶，他還是迷迷糊糊的。

阿兔讓他睡到自己的牀上，自己在客廳看書。深夜四時，Dick師兄醒來了，他問：

「你今天很晚回來嗎？我一直在找你。」

「你為什麼醉成這樣？」

Dick師兄說：「我們今晚去慶祝，我和同事慶祝我們終於分到公司的股票了，我的公司和北京的科技公司的合作計劃終於落實了。公司上了市，我們分到股份，我分到了市值一千萬的股票。我會在北京買一間夢想中的豪宅，你會和我一起去北京看這間豪宅嗎？」

阿兔在信的最末說：我沒有回答他，我實在不知道該怎樣回答。

我當然不能為阿兔在北京買一間夢想中的豪宅，我也沒有可能分得公司的一千萬元股票。

我工作的公司，還傳出快要裁員哩！

我不能帶給阿兔Dick師兄給她的幸福。Dick師兄能夠給她的那種生活，不就應該是阿兔一直追尋的幸福生活嗎？

我只好祝福她。

過了兩天，我在Cookie的餅罐裏面看到這樣的話：

這不就是我這些年來一直追尋的幸福嗎？原來，Cookie Monster一直這樣關心我，為我打算。也許，我不該再叫他Cookie Monster吧！

在一個舒適的家裏，生兒育女，家裏面，有給我安全感、體貼的丈夫。

這不是我一直期待的生活嗎？

但，為什麼？當我幻想到在他拿出鑽戒來向我求婚的場面的時候，會感到如被判死刑？

但，為什麼這期待已久的東西，得到了，我一點也不快樂？

還是，懷念那一點點棋子餅的香味？

我該怎麼辦？

突然間，我感到自己像塔裏的公主，等待那個他來營救。

他看到我的信嗎？他，會來救我嗎？

我現在寫的話，有人在看嗎？

站主：你在看嗎？請你告訴我，我該怎樣抉擇？

我彷彿聽見阿兔在求救。

此刻，在我腦海裏的她，不是一隻白兔，反而，變成了嫦娥，在月宮之中，碧海青天夜夜心。而守着她的，是拿着斧頭的吳剛。

而我，就是吳剛砍伐着的丹桂樹。為了要追隨在嫦娥身邊，寧願被砍。

※　※　※

Dick 師兄來電話，聲音很是興奮。

「星期五出來吃飯吧！大學的師弟師妹們硬是要我請客，他們說我在股票上賺了很多，其實不算多啊！還有，星期五晚上，可能我會有好消息宣佈。」

「什麼好消息？」我心頭一凜。

「那個晚上我會求婚！你預祝我成功吧！」

沒留心他往下說了些什麼，他掛線了。

星期五……

Cookie 在網上說：他約了我在星期五，說有重要的事情對我說，我該怎麼辦？

怎麼辦？她問我。

難道，我可以用站主的身分，假公濟私，叫她選擇棋子餅的香味嗎？

還是，我違背自己，叫她選擇那顯然的幸福？

進退兩難。

9 來一次大表決

一夜難寐之後，早上六點鐘，我在月餅盒網站上面說：

請各位網友為 Cookie 來做個表決吧！

選鑽戒安居？還是追逐香味？

請各位來個表決吧！

這種做法，對阿兔，可能有點殘忍。

一個人的事，卻由許多許多不相識、不相干的人去表決。

但，要是那表決的決定是錯的，也是許多人的錯，不是她的、不是我的。

一時衝動，也不是她、不是我的自私。

雖然，錯了，承受的卻不是多數人，只有阿兔，還有我，永遠支持她。

承受對與錯的人，還有，一個不知情的 Dick 師兄。

當要求網友表決的聲明一出，月餅盒網站的 Hit rate 這幾天飆升了許多，每天，都有許許多多人瀏覽 Cookie 的餅罐。

連其他媒體也報道了這件事，也有人認為這是網站的宣傳伎倆，認為這是虛構的。

只有我和阿兔明白，這是千真萬確。

有一個網紅發起要找出 Cookie 這個人來，找出她的兩個男朋友，來個世紀大決鬥。

更有些人，拿 Cookie 會選誰來開出賭博盤口。

什麼《東看看西看看》的節目，竟找出一個自稱是 Cookie 的女孩子來接受訪問。

至今，上過網表決的，已經有幾千人。

Cookie 知道了，受寵若驚。

兩個星期不見了，不知阿兔現在怎樣？

只能透過站主的身分問候她。

也許，在網上網下都有這麼多人關心她，她應該會感覺好一點吧！

網上的表決很激烈，我沒有贏，Dick 師兄也沒輸，我們的票數相當。

除了表決，更有許多人在 Cookie 的餅罐留言。

其中，一個叫「三三」的女孩這樣說：

女人，還不是為找一個好歸宿！

試想想：北京夢想中的豪宅呀！

如果是我，我會叫他拿幾百萬跟我去三藩市、L.A.、邁亞密，玩樂它一年半載，回來才結婚。

選這個男人吧！不然，就讓給我吧！儘管通知！

另一個，署名「從一而終的珍珍」說：

你怎能這樣一腳踏兩船？簡直不知廉恥！

遇上一個這麼好的男人，給你北京買一間夢想中的豪宅，你竟想着一個和你吃棋子餅的男人，簡直不知所謂！

從一而終吧！當然是選你先認識的那個。

這不只是忠告，也是恐嚇，如果你不從一而終，我一定，嘿嘿……

是一個心理變態的女人（或者男人），我為免嚇着阿兔，把這留言刪掉了。

當中，有一個叫「技安」的留言，最得我心。

從吾所好，追隨己心吧！

既然心裏追隨的是棋子餅的香味，魂牽夢縈的是那個長髮脖子背影，就追隨己心吧！

相信，先前的那個男人也不希望娶一個心裏有別人的女子的。

兩個人結合，應該是一生一世的事，怎能和一個不愛的人一生一世？

別理別人的胡言亂語，和外間的風風雨雨，從心所愛吧！

好一句「從心所愛」，多謝你，技安。

表決完結的日子快到了。

完結的時間，是凌晨十二時正。

三天前，我得的是 8436 票，Dick 師兄得的是 7983 票。

兩天前，我得的是 9201 票，Dick 師兄得的是 8908 票。

今天下午，我得的是 13450 票，Dick 師兄得的是 11060 票。

快要截止投票了，投票的人卻突然增多。

晚上，Dick 師兄得的是 14800 票，我得的是 15018 票。

愈夜，我的心跳得愈厲害。

我當然希望自己贏，但也不希望 Dick 師兄輸。

阿兔此刻的心情，更是忐忑吧！

十一時五十六分，我得的票是16780，Dick師兄得的是16774，票數竟是如此之近。

我關掉電腦，不敢看。

本來，我可以運用站主的身分，在投票結果上做手腳，但我不能。

這晚，我喝下了整瓶Tequila，然後倒頭大睡。

不敢面對現實的人，也許阿兔真不該選我。

早起，頭痛欲裂。

沒看投票結果，卻進了Cookie的餅罐裏。

她說：

也許淚水把電腦浸壞了，令數字產生了變化，不然，怎會有這樣的結果？以為有了結果便可以安心，誰料，看到結果，會是如此令人肝腸寸斷，我還能說什麼……

※　※　※

星期五那天，我不想起牀，卻被電話鈴聲吵醒。

是Dick師兄。

「阿天，今晚一定要來，大學的師弟們硬要我分享公司上市的成功經驗，還想知道我去北京的發展、在北京的辦公室是怎樣的、會住在什麼地方……他們想知道的真多，但是他們不知道我還會在今晚求婚！為了見證這重要的一刻，你一定要來啊！」

這晚，我不情不願的換衣服，去位於太子的帝京酒店，Dick 師兄 Book 了酒店的 Ballroom 宴客。

去帝京酒店前，我特地經過了常和阿兔見面的小公園，竟還希望可以奇蹟地遇上她。

我在盡量拖延到帝京酒店的時間，着實害怕看到接受師兄求婚的阿兔。

帝京酒店就在眼前了，Ballroom 裏佈置得美輪美奐，小講台上還設有投影機和屏幕。Dick 師兄預備了他在北京上班的富麗堂皇的辦公室和要買的夢想中豪宅的影片，和一眾師弟分享。

步進 Ballroom，我不發一言的坐在最冷清的一隅。實在沒心情聽一眾師弟對 Dick 師兄說的恭維話，當然，我也沒能逼自己真心的恭賀他。

然後，是阿兔進來了。

她穿了米色的短裙，此刻的她，整個人有着令人炫目的漂亮，也許這就是人說的人逢喜事精神爽吧？

在一眾師弟的掌聲中，Dick 師兄出場了，他在講台上講述自己在資訊科技的領域上如何取得重大的成功，如何成為公司的董事，得到股份，還和北京的科技公司合作，可以在北京設立辦公室，現在，他最想的是在那裏建立理想的家……

他按了遙控，講台前偌大的熒幕上播放他在北京富麗堂皇的辦公大樓，展現完美現代科技，有一切先進設備的辦公室，然後，是他夢想中的豪宅屋苑的影片。他說是他在北京的朋友幫他拍的，拍得就像一段豪宅廣告宣傳片一樣，當然，還伴隨他充滿感情和說服力的介紹：

「北京朝陽區姚家園山莊的豪宅小區中，環境優美恍似歐洲的小鎮。朝陽區一直都是國內的富商明星們熱門選擇居住的地方，因為當地距離市中心近，交通便利，生活機能好，出行非常方便。現在看到的這家豪宅大約有四千尺，以米白色為主，裝修走自然風格，屋中設置了一個區域，變成小小健身室，而健身室用了卡其色紋路地毯再配合大理石的設計，非常有時代感。在露台望出去環境優美，一幢幢的低住宅建築構成歐洲小鎮。一出門就有一大片綠色草地，閒時可以在這裏散步，四周綠油油，是一處絕佳綠色生態的居住區。姚家園山莊有人間仙境之稱，獨棟別墅的設計非常寬敞，而且從窗口望出去可以看見一大片湖，而在山莊中養有天鵝、鴛鴦、孔雀等動物，而且有高級的私人會所。房價在二〇二〇年的市價約在八千五百萬人民幣，楊冪、王菲、趙薇、周迅也住在附近呢！」

師兄所說的無論內容、用語，都令我們這些生活在香港的人感到很陌生，不知道這會不會是阿兔嚮往的生活環境呢？

「這裏還有很完善的生活網，有最有名的國際學校，小朋友自幼稚園到小學、中學，都可以在這裏接受教育，在這裏生活應該比在香港好很多吧？阿兔，你會喜歡在這裏生活嗎？」

Dick師兄說這話的時候，本來照着講台上的燈光竟然射向坐在台下的阿兔身上。

「這裏將是我們幸福的家，我們有小朋友的話，他們就是這個王國裏的小王子、小公主。這也是你夢想的生活吧？也許你會掛念香港，但是我們從北京乘高鐵回香港很方便，當然你想乘飛機來往多少次也沒問題。還有，你最喜歡吃中式糕餅，在朝陽區有沈大成、喬家柵、老大昌這幾家老字號的餅舖，以桂花糕、棗泥糕、鬆糕、各式月餅等中式點心聞名，更是遊客必朝聖的百年老店，店外每天都大排長龍。相信這些餅店的出品

必定比香港的街坊小店講究得多、美味得多，也許會令你不會再想念香港呢！」

當 Dick 師兄拿出裝着鑽戒的小盒子，鑽戒上鑽石的光芒令坐在那麼遠的我也看到目炫，全場的人，都用眼睛向阿兔詢問：為什麼不趕快應承？

阿兔回過頭來，似在張望、搜索，但我坐在最後一排，她該看不到我。

我沒勇氣學《畢業生》裏的德斯汀荷夫曼，也沒能像《上海灘》裏的許文強。

那是電視劇、電影中塑造的主角形象，而我，我，是現實裏最懦弱的男子。

只見阿兔緩緩的站起來，當每個人都以為她會步向 Dick 師兄，讓 Dick 師兄為她戴上鑽戒時，她卻朝反方向走，義無反顧的步出了 Ballroom。

這景象令現場的每一個人包括我都呆了！

10 選擇了原諒

三個星期之後，Dick 師兄獨自去了北京工作；再過了兩個月之後，我收到來自阿兔的訊息：

「下星期你可以陪我到醫院嗎？」

「醫院？發生了什麼事？你的身體有什麼不舒服嗎？」

「不是我，是去探爸爸！」

「爸爸？」

原來阿兔收到了來自監獄的電話，才知道在她十歲那年，她爸爸因為錯手打死了向他追債的人，之後一直坐牢到現在。一年前，他證實患上了末期癌症，醫生説：「時候差不多到了，該讓他的家人來見他。」

阿兔說她沒勇氣獨自去見他，所以想我陪他去。

我當然義不容辭，但是我也不知道可以怎樣幫阿兔加添勇氣。

在帝京酒店Ballroom中，於眾目睽睽下站起來離開的阿兔，不是很有勇氣嗎？離開一個沒辦法一生共同生活的人，和面對一個讓自己的人生變得悲慘的人，所需要的勇氣，是不一樣的吧？

回想起前塵往事，不知是什麼驅使我走到深水埗北河街的生隆餅店，向老闆詢問做五仁月餅的訣竅，他竟毫不吝嗇的傾囊相授。

我買齊了所有材料，回家之後，看着當時抄下來製作五仁月餅的步驟去做。首先是搓皮，將麪粉、鹼水、油和糖漿混合，再將粉糰用木棍壓成圓形小塊。記得童年時，在農曆新年前嫲嫲都會自己炸油角。她會用木棍把麪粉糰壓切成一小塊一小塊的，那是油角的皮。她會讓我去嘗試擀麵粉、包油角，當時她教的技巧我現在還依稀記得一點。

然後要將餡料混合均勻，不時加入蛋漿混合。之後，再將餅皮均勻地包裹着餡料，以免在包好後月餅皮會破裂。這個步驟是最困難的，因為如果包的餡料太少就會不好吃，包的餡料太多的話，餅皮會容易破裂，特別是這些五仁餡料比蓮蓉餡料更豐富和更硬，包的時候困難就更大了。在失敗了一次又一次之後，我想起嫲嫲在看到我一次又一次把油角的皮弄破時，若有所思地對我說的話。她說：「餡料不能太多也不能太少，要拿捏準確，油角才會好吃。其實待人接物不是一樣嗎？對別人的感情付出得太多，別人也許會吃不消，嚇跑了；付出得太少，就成不了朋友甚至戀人了……」她邊說邊像在回憶往事。童年的我當然不知道她在想什麼、為什麼會有這樣的感歎，但現在也許我明白到一點點了！

我將包好的麵糰放入月餅模內，再用手以「陰力」將麵糰壓至扁平。餅店老闆說要用「陰力」，但到底什麼是「陰力」呢？我怎樣想也想不明白，難道做餅有用「陰力」

和「陽力」之分嗎？於是我只想到對它溫柔一點，該就可以了吧？

之後，我將月餅放入攝氏二百度的焗爐內焗五分鐘，比較麻煩的是要注意加以轉動，直到月餅四邊開始呈金黃色。最後，在月餅表面均勻地掃上蛋漿，令餅皮更加「受火」，再放回焗爐焗廿五分鐘。老闆一而再再而三的叮囑：特別需要注意的是出爐的月餅要放置三日，待蛋黃或火腿的油分滲出及餅皮變軟之後，月餅才會變得油潤甘香。

要放置三日？我真怕自己會等不及。月餅出爐之後，我已經急不及待想拿給阿兔，我想看到她驚喜的表情，想看到她細味月餅的樣子。我不是期待她的感謝，只是期待看到她快樂，看到她臉上的笑容和唇邊的小酒窩。

幸而距離去探阿兔爸爸的時間還有幾天，我按捺自己期待的心情，等了一天一天又一天。

終於到了那天，我拿着從生隆餅店買的月餅盒，裏面盛着我製作成功的四個五仁月餅。我和阿兔乘的士到醫院。

在醫院前的小庭園裏，我拿出五仁月餅給阿兔。她看着五仁月餅，臉上有百感交集的表情。

我不知道這刻她腦裏在想什麼，她沒有吃，只是拿着月餅默默的走進了病房。

約莫一個小時後，阿兔出來了。她默然不語，我們再坐的士離開。

上了的士之後，她打開月餅盒給我看，月餅盒裏只剩下兩個五仁月餅。

她說：「我和爸爸一起吃了。原來中式糕餅還會給人勇氣，原來要原諒一個人需要最大的勇氣，我原諒了他！」

※　※　※

我和阿兔走遍了深水埗、長沙灣和荔枝角，在美其香餅店買了蛋黃酥、蓮蓉雞蛋糕，在生隆餅店買了燒餅、白糖糕，在八仙餅家買了蠔豉酥、皮蛋酥，在均香餅店買了南乳雞仔餅、朱古力角仔，準備來一餐中式糕餅盛宴。

要慶祝什麼？要慶祝的，是我們在很多網頁上看到這則新聞：

來自香港的 IT 界才俊，與著名女網紅打得火熱，他們在北京朝陽區住在同一個豪華屋苑，因為時常在健身室相遇而熱戀……

而那個來自香港的 IT 才俊的名字是 Dick 師兄。

我不知道該不該聯絡 Dick 師兄祝賀他，但是，這天，我在月餅盒的網頁上看到技安的訊息：

我是技安！當我在網站上面看到Cookie的話，最終知道Cookie就是阿兔之後，我掙扎了許久，我欺騙自己，有一萬多人投票給我，我是贏了，阿兔是我的。

我告訴自己，無論阿兔內心選的是不是我，我一定盡全力令她幸福。

但是，當我在星期五帝京酒店的Ballroom，當我拿出戒指想送給阿兔時，看見阿兔不斷回頭張望的時候，我知道她在等你來救她！

正如在表決時，我在網上所說：Cookie，追隨己心，從心所愛吧！

我知道阿兔選的不是我，但好勝的我還是想要勝過一向被我看扁的師弟——就是你！

多個月後，我證明了自己是可以得到最好的——北京最有名的女網紅，我們一起住在豪宅區，受到萬人仰望，得到萬人艷羨，阿天，你繼續羡慕我吧！

「來，」我和阿兔碰杯，是奇異果汁，我跟她一起說：「祝福Dick師兄！」

然後，我看着她拿起一個燒餅，用兩隻手的拇指、食指、中指一齊，用力地夾着燒餅，然後沿着餅邊，一小口一小口的咬下去……看着看着，我的心裏洋溢着幸福……

二、吐露港旁飛逝的列車

1 吐露港旁飛逝的列車

窗外星斗似的黃燈光探進列車窗內，間或有一兩線波光映入眼中！噢，這是我熟悉的吐露港公路。

窗外的光影飛逝，我驚覺這吐露港的一段路程快要過去，匆忙地合上熱看中的《多拉A夢》，把野比大雄關進裏面。

吐露港公路短短的一段，卻蜿蜒着我兩年前的回憶，思緒隨着海岸線延長，延長……

※　　※　　※

大埔汀角路八號花園是我第一次搬離家庭的居處，那時候我和幾個剛畢業的大學同學合租這裏六百呎的單位。

單位有兩房一廳，每間房有兩張兩格碌架牀，共住了八個人。我們這四男四女找到安身之所後，就四出找工作。我們一起去買見工衫，一起去「尖尖」影見工相。每一個人見工前，都要經過其他七個人評頭品足，待一切完善，才准出門去見工，所以，我們的成功率很高。

意想不到，第一個受聘請吃飯的會是我。我在一間很具規模的 Testing laboratory 找到一份中文秘書的工作，算是一份高職。那一次我們去八號花園地下的新瑞華吃燒乳鴿，他們很賣命，一餐吃掉我頭一個月的薪金。

※　※　※

這間 Testing laboratory 名叫 Landscape，位於荔枝角一幢工廠大廈，佔了五層樓，其中三層是化驗室，另外兩層是 Accounting，Admin 和做文件的，由於常與大陸有書信來往，所以請了我這個讀中國文學的人來專管書信。

每天我會乘 K12 由八號花園到火車站，乘火車到九龍塘，轉地鐵到太子，再由太子乘地鐵到荔枝角。在鄰近的大埔中心本來是有 74 號車經荔枝角道的，我之所以捨一種交通工具而要選用三種交通工具，那是因為獅子山隧道經常塞車，為了預時間，好在一小時十五分內回到公司，我每天勞頓於舟車之間。

轉三種交通工具也是有好處的，三種交通工具中均會遇到來自各個地區的各色人等。我那時剛告別了學校裏的男朋友，想找一個工作中的男朋友。

※　※　※

我工作的 Testing laboratory 裏面，主要的員工是 Laboratory technician，他們人人穿上一件長白袍，像個醫生，每天推着藍色小車進進出出，將要測試的物料推進實驗室，又從實驗室推出來。

每天看見穿白袍的男人走來走去，我們秘書戲稱實驗室是手術室。有時候看見他們推着車快步走，我們會為他們開路，又會扮警號聲叫左右迴避，然後房門關上，紅色信號燈亮起。

每一個 Technician 也認為自己是 Professional，他們上班多是穿了恤杉結上領帶，白袍的衣領開到胸口，領帶可以露出一半來，所以 Technician 爭相以這半截領帶展露他們的品味，因此米奇老鼠呔啦、畢加索呔啦、有某某名大學校徽的領呔啦……等等，紛紛出籠，我們猜想他們每一條領呔也是為吸引某一個女同事而結的。某一天，某一次，某一位男同事，索性結上寫着「I Want You」英文字的領呔，用心不說自明。

這當中，有一個沒有結領呔的，深紅色的衞衣領從白袍中突顯出來，衣衫的款式很特別，不像是在香港買的，大概是旅遊時買回來的手信吧！

在這乍暖還寒的季節裏，他常穿的還有一件藍色長袖牛仔恤衫，白袍下面露出藍色牛仔布的衣領，還有一次下班時他脱去白袍，那是穿牛仔恤衫最完美的一次示範。

2 彷彿是以前的一個他

我的右眼有150度近視、左眼220度近視加100度散光，但除了看電影、話劇、和老闆開會以外，我是不戴眼鏡的。這也許是我的驕傲，我認為這種工作環境沒什麼值得我看得真的，應該說，並沒有什麼人值得我看得真。

上工的第十日起，每天午飯時，總會在工廠大廈的樓下，遇到十分面善的一個人。每天如是，維持了兩三個星期。第一次看見，是悚然以驚，怎麼他會在這裏出現？難道他追到這裏來？抑或是緣分使然，令我們在同一幢工廠大廈工作？

經過兩三次的驚悸之後，有一次看清楚一點，才發現原來不是那個曾經糾纏過我的一個人，而且，模樣兒順眼得多，身形也高大得多。

所說的那個人，是我一個要好朋友的男朋友，見過一次面後，常常借故來電話，有一次約我看電影，說我的那個朋友也去。到了戲院，發現原來只得我們兩個，那天他送我回家，以後幾天早上他也在我家樓下出現。

我問他不怕我告訴你的女朋友嗎？他的答案是一貫出軌男人的答案：他和她感情有問題，又不想一下子分手讓她接受不來，所以拖拖拉拉，令感情慢慢轉淡。

我回他以：Bull shit！然後，他每隔一兩星期仍如妖魔般在深夜一、二時來電，這也難怪初初見到一個差不多面孔的（透過200度近視眼看的），會如此震驚。

然而，天天如是，遇見一次兩次三次，我暗罵自己怎可以將兩人相提並論哩！他明明好看很多，正派很多嘛。漸漸地，很想見到他，統計了每天遇到他是在什麼時間，然後戰戰兢兢的在該時段出去吃飯，卻偏偏開始遇不上了。

也許是緣分，也許不。有一次與朋友在佐敦道逛街，在街上碰到他和朋友在一起，那時雖然不認識，卻想在同一公司工作，恰巧碰上也該打個招呼吧！誰知他直直的看着我，頭也不點一下，於是我只好把那聲招呼吞回去。

也許這不是緣分。難道你在漆黑的街上遇上劫匪，也說是你和劫匪有緣嗎？難得啊！漆黑黑的街道，行人這般稀少你也遇得上。

※　※　※

也許，這種患得患失的心理，這種對自己和別人沒信心的表現，和我小時候一段不名譽的回憶有關係吧！

我絕對不能忘記當時在我唸的小學門外和大埔墟車站發生的事。

婆婆說：媽媽從小在大埔墟長大，但她從來不喜歡住在這鄉下地方。大埔墟從前不是現在這麼繁榮的，完全是一個鄉下地方。媽媽總喜歡往城市跑，中學畢業後就離開大埔墟，自己一個人搬了出去。

婆婆說：聽說她跟一個比她大很多的男人同居了，而且，這個比她大很多的男人就是我的爸爸。可是，我從來沒有見過他，或者是我很小很小的時候見過他吧！

至於我第一次聽到他的名字，是在我讀六年級時的某一天。

媽媽罕有的來接我放學，從小都是住在我們隔鄰的姨姨接我放學的，但是，這天媽媽親自來接我。

她的樣子好像有點匆忙、有點趕急，她一看見我，就拉着我的手，然後伸手截計程車。

她說：「你暫時不要上學了，到婆婆家裏住幾天……」

我聽到要到婆婆家，本來是開心的，然而，突如其來發生的事殺了我一個措手不及。

當我們想截計程車時，眼前有一輛計程車在我們不到五尺之遙停下。幾個女人從車上衝下來。其中一個跑過來抓着媽媽的頭髮，狠狠的叫嚷：「就是你這個小三，不知廉恥的人，為什麼要搶我的老公？」

另一個女子拉着我的手，抬起我的臉，嚷：「大姐，就是這個小孩吧？她跟姐夫的樣子有三分相像呢！」

「像又怎樣？我不會承認這個野種的！」那個女人一邊拉扯媽媽的頭髮一邊嚷。

其中一個較年輕的女子高聲說：「馬太太，就是這個女人，他是董事長的前任秘書，不知怎樣跟董事長勾搭上了，我是幾經明查暗訪才找到她的，也盡力不讓董事長知道，幾經辛苦才找到她，這是我的功勞啊！」

那個拉扯着媽媽的頭髮的女人繼續大嚷：「到底那老東西看上她什麼？我要將這個賤女人身上的名牌衣服扒下來！讓這個不知廉恥的女人認識一下什麼叫羞恥！這樣的賤女人，穿了最昂貴的名牌衣服還是一個賤貨！」

她說着其他幾個女人就跑上去幫手扒媽媽的衣服。

拉着我的女人的力量很大，我掙脱不了，只好大聲呼叫得聲也沙了。

這時，路上幾個路人圍上來看熱鬧，還有更多的學生家長在圍觀。

有人拿起電話報警，幸好很快警察就來了，那幾個女人才停手，可是媽媽身上的衣服已被扯破了。我除下校褸給媽媽遮蓋衣服破爛的地方。

那天媽媽沒有哭，一言不發地帶我回家。她留下了一些錢給鄰居姨姨，然後差不多兩個月沒有再見到她。

往後的一個月我如常上學，但那真是如常嗎？

每天面對同學的恥笑，下課後家長姨姨會圍上來，貌似關心的問我：

「你媽媽去了哪裏了？她不來接你放學嗎？」

「你爸爸就是那間連鎖車仔麵店的老闆嗎？」

「媽媽怎樣？有受傷嗎？她有告訴你她為什麼要做小三嗎？」

「那個打人的女人你以前有見過嗎？」

然後，我還聽說有人將媽媽被打的影片放了上網。有好一陣子，我實在不想再上學了。

面對我的同學形形式式的奇怪問題，我不能想像自己有個怎樣的爸爸，不能再欺騙自己相信媽媽的話，說爸爸是一直在外國做生意，沒時間回來……

看到家中媽媽房間裏的名牌服飾、手袋，我莫名地感到羞恥。

大概在那個年紀還不知道什麼叫羞恥吧？可是想起那天那幾個兇惡的女人對媽媽說的話，他們扒開媽媽的衣衫的那一幕，我大概明白了一些。

我也漸漸明白同學跟我說的話，會成為以後我背上撇不下的標籤。

「小三的女兒該怎麼稱呼呢？」

「她不是唸小三，她已經是唸小六了！」

「唸小六的小三嗎？小六的小三女兒，我們該怎樣稱呼她才好？」

在同學面前，我實在抬不起頭來。

這種難堪的歲月，經歷了幾個月的時間，之後的某個星期天，婆婆來帶了我回她在大埔墟的家。

第二天，她帶我到大埔墟車站見媽媽。

媽媽推着一個巨大的行李箱，行李箱上還是印着名牌的 Logo。

那天的她戴着太陽眼鏡，她給了婆婆一張支票，然後說：「我要到國內去了，你不用擔心我，我已經找到有能力照顧我的人。我可能會去上海，也可能會去北京、天津，我現在也説不上來。你不用掛念，我會依時寄錢回來的。」

説完，她瞥了我一眼，不知是因為羞恥，還是因為心虛，害怕我會追問她什麼，她丟下一句：「你也不用擔心，不用太掛念媽媽，我們各自好好生活吧！」

這句「我們各自好好生活吧」之後，我沒有再見到她，之後一直跟着婆婆生活。

也許我該慶幸能跟婆婆生活，跟婆婆一起的日子是愜意的，她常常帶我去大埔墟街市買菜，在那裏的大排檔吃魚蛋粉、芋圓；帶我去街市下面的圖書館看書。

婆婆沒有什麼收入，媽媽也沒有依時寄錢來。靠着婆婆的積蓄，我們過着簡樸的生活。

幸而去圖書館不用錢，大埔墟街市的菜也很便宜，在大排檔吃魚蛋粉不用多少錢——那是我童年最美好的回憶。

可是，那一次的恥辱也仍然在我的回憶中揮之不去，仍然常在我的夢境中出現。

我在大埔的中學升學，然而，我還常常害怕，有一天，在我下課的時候，媽媽會出現，然後，不知從哪裏跑出幾個女人，對她拳打腳踢，對她喊羞辱的話。然後，我的同學會恥笑我，和我要好的也會捨我而去。

也許，因此我不敢和同學談及自己的家庭背景，也不敢和他們有什麼深入的情誼、說一些交心的話。

小三的女兒的恥辱，在我的回憶中揮之不去，這種恥辱，已經深深植在我的心裏，令我總是覺得自己有不名譽的過去，不配得到真正的愛，不配得到別人真正的尊重。

也許，那種不名譽，已經深深植根在我的血統裏，令我長大之後，仍然不懂怎樣去追求真愛，怎樣去得到真正的友情、愛情，怎樣得到別人真心的尊重。

※　　※　　※

在街道遇上打不成招呼，我卻有一次當登徒子的經驗。

我和助手正在我們的部門外整理文件，他冒冒失失的走進來，竟然問我：

「弄壞了工作證是在這裏換新的嗎？」

我一時惘然，在想：我今天的衣着有沒有問題？他走的這麼近會看得見我的眼袋嗎？

然後向前一指，說：「她應該坐在那裏的，但現在走開了，你可以在此等她，也可以往人事部那邊看看她在不在。」

他沒謝我，就走往人事部。我記得很清楚，他沒說：「唔該！」啊！多酷。（如果是別個，我會認為他是沒禮貌。）

一分鐘後，他折回來，顯然是找不到，他站在那人的座位旁邊等。

不知哪裏來的勇氣，我心血來潮說了這句話：

「你在這裏等她吧！她一兩個小時內一定回來的。」

「吓！一兩小時？」

我的助手聽了也應一句：「是啊！手袋還在，下班前一定回來的。」

我落井下石：「如果要OT呢？」

我便真覺得我們在調侃他，但很開心。

※　　※　　※

這兩次之後，還有兩次驚心動魄的遇見。

有一次，我剛從我的部門走出來，看見他坐在人事部的座位上填表，他看着我，我也看着他，直至我走過他面前，驚覺這對望太久，也太失儀了，馬上收回目光，仍是低下頭。

另一次，我經過他的部門，透過會議室玻璃窗看到他，每個人都留心開會，他卻看出來，然後，是 15.3 秒的對望。那一次，他穿的是藍色的長袖牛仔恤衫。

3 全為了你

常常期望遇見那個人，真的見到了，心會跳得七零八落，竟然會不知所措。

那一次，本來是打扮得漂漂亮亮上班，我穿了一條橙紅色長裙，還淡淡化了點妝、買了早餐，踏進電梯大堂，抬頭一看，是他，那天他穿了一件白色的 Polo T-Shirt。

他看見我，像是朝我笑，總之燦爛、親切得不得了。我沒料想在這大清早遇見他，更被他這麼一笑，弄得不知如何反應。

我似乎擠出了一個很生硬的笑容，然後頭也不敢抬的，經過他身邊，站在電梯大堂的大對角，那是他視線範圍之外，我稍緩了一口氣。

站在電梯大堂一角的我，思量着一會進了電梯好不好跟他說句早晨，突然間，身邊「喂！」的一聲，是我們部門的初級文員——Stanley，他說：「這麼早啊！」

糟糕，這個人最愛糾纏，最愛亂說話，更糟的是平時我跟他很談得來，很難想像在電梯內他會怎樣找碴兒，真怕會破壞我的形象。

此際，電梯門開了，在這千鈞一髮之際，另外一部電梯的門也開了，我立即俯衝進去。

為了迴避Stanley，我錯失了跟他共處同一電梯的機會，他會不會以為我有意避開他呢？

※　※　※

還有嚴峻的一次滑鐵盧，更厲害的一次不知所措，是在九日之後。那天我穿了一件黑色T恤、綠色工人褲。那天早上心情是好端端的，午飯時候給一個同事遇見，她煞有介事的說：「你這幾天好憔悴啊！蒼老了許多哩！」

吃完飯走路回公司，沿途照盡所有玻璃，包括店鋪櫥窗和汽車玻璃，心情很壞。

乘電梯回工作的樓層，一開門看見他坐在保安櫃枱旁，我的心下沉，怎能讓他看見我這個憔悴的樣子！於是再次低下頭，俯衝進自己的部門。

更糟糕的事情發生在下午，我到資料室找數年前的報章，資料員帶我到資料室外面的貯物室找，我挨在門上等，驀然見他從遠處步來，仍是那件白色的 Polo T-Shirt，他愈走愈近，竟是迎面而來，濃濃的笑意更由遠至近，由始至終也掛在他的臉上。

我又驚惶失措了，心跳加速至可發射太空穿梭機，慣技是把頭低得無可再低，然後，偷眼一望，他竟仍朝我走來，還有四五步，就要和我打照面了。情急之下，我站到門的另一邊，Turn my back to him。

大錯鑄成了，這一天之後，他沒再看我一眼。

※　※　※

怎樣補救？整整兩個星期看了許多心理學書、教人積極思考的書，甚至《孫子兵法》，務求要尋找解救之道。終於，我實施了以下方案：

（一）每天看見他要對他微笑，而且一定要笑完整個笑容，不許低下頭。自此，每天起的第一人生大目標便是——對他笑。

（二）不擇手段認識他身邊的所有同事，實行圍魏救趙。

圍魏救趙的策略很難實施，臉皮不厚的我平時從不刻意和人打交道，但這陣子，刻意的走到他的部門，趁他不在時，借故問他部門的同事電腦呀、英文呀、寫信呀，成果是每人也可以聊上幾句，而且得了一個「不恥下問」的美譽。

副作用是產生了兩次「誤中副車」事件。

他部門的一個男孩，因為我頻頻走過去，又找他攀談，有幾次在我路過的時候，聽見他們那一夥響起一陣喧譁，直覺告訴我，那一陣喧譁是因為我和那男孩而起的。

另一次是我去他那部門時，時常路經會計部，看見坐在路旁的人，我會禮貌一笑，久而久之，那人竟然以為那笑容是暗示，竟然約我吃晚飯！

※　※　※

令人欣慰的是，微笑行動有了成果，在我的幾次跟他面對面，一、二、三笑之後，我的魚尾紋增多了，而他也對我回以一笑，有幾次，我們還互相H-H，即是Hello，Hi。

4 不認得你

每星期，我會有兩三次見到他，因為他一星期裏會有一兩天到外面工作，有時又會躲在 Lab 裏一整天。

我就是這樣，每個星期會有兩三天心情好一點，另外兩三天，是情緒大上大落，每一天，上班的原因也為想見到他。

最可憐的是星期五，因為星期六日不用上班，情緒總是低落，那一天是同事離得我最遠的一天，也是我工作最常出錯的一天。漸漸地，星期六我也會上班，為的是完全沒心情安排星期六、日的節目，而且，星期六，萬一他需要 OT 的話，還會遇得上他。

見得着他那一兩天也好不到哪裏，假如那一次我看見他，他看不到我，那一次他沒反應，沒跟我打招呼，我會失落一整天，直至夜裏睡不着，或是早上六七時醒來。

我驚覺他已成為我生命的中心、目標，也是我生活的唯一動力，我怎會淪落至此？

一星期裏，除了他跟我打招呼的兩三次之後的二十、三十分鐘，我為他而快樂之外，其餘的六日又二十三小時零三十多分鐘，我也是為他不快樂。

他是我情緒低落的原因。

他會否知道我每天經過他部門七八次全是為他？知否我每天找工作來做、幫同事拿東西，全是為了有理由經過他的部門？

不會知道的。

這其間，有幾個其他部門的同事因為我的「忽然活躍」、曝光率增加而對我發生興趣，有兩三個我連他們是在這間公司工作的也不知道。這些我全不在意，沒有對他們發放過什麼訊息、做過什麼的人，也對我有反應，為何他竟無動於衷？

這也是我情緒低落的原因。

為何他們那麼容易找藉口認識我，他竟跟我說一句話也不會？

原因也許很簡單，我想起一本書中的一句話：

The one whoever likes you, likes you, who doesn't, doesn't.

也許這就是答案，我告訴自己。

※　　※　　※

情緒低落，日子久了，會變成抑鬱，抑鬱日子久了，會變成慢性抑鬱症。

我問讀心理學的室友阿May借了叫「克服抑鬱」課程的筆記來看，一看之下大驚，十種抑鬱症患者常有的想法，我全具有：

（一）只要表現不夠完美，就是徹底失敗。

All-or-nothing thinking.

（二）一次失敗，就是永遠不幸。

Over-generalization.

（三）只着眼缺點，不理會優點。

Mental filter.

（四）愉快的經驗，永遠不會發生在我的身上。

Automatic discounting.

（五）無需事實根據，結論總是壞的。

Jumping to conclusions (e.g.mind-ready and fortune-telling error).

（六）別人總比自己好，自己總比別人差。

Magnification and minimization.

（七）我滿腦子都是應該不應該。

Emotional reasoning.

（八）我的感覺是這樣，所以那一定是真的。

Should statements.

（九）我認為自己是所有問題的起因。

Labelling and mislabelling.

（十）我很快便給自己及別人下一個不好的判語。Personalization.

抑鬱症患者病情延續一年是十分危險的，我要想辦法自救了。

那時我想，最好的方法是找自己最喜歡的事情去做，至少，人生中會有一件令自己喜悅的事！我在想……

我最喜歡見到他——不行，另一樁！

一年多前，我去U.S.A.的L.A.、San Francisco和Las Vegas，那是最開心的一次旅行，最捨不得回來的一次。

那時候，甫下機，就呼吸到一鼻子的自由空氣，那是第一次有移民的打算，不是因為移民而移民，而是為了喜歡那一個地方。

很想再去一次美國，但第二次想去東岸——New York，那裏有Broadway, The Fifth Avenue, The Museum of Modern Art。

Dream Dream Dream, My New York Dream.

為此，我興奮過一陣，每次情緒低落時，我告訴自己，想想New York吧，那是我的逃避之地。

然而，隨着去New York的日期漸近，我在倒數還有幾天就見不到他了。

行船走馬三分險啊！何況飛機。

可能他也感應到。

有一個下午，我拿着一個杯麪，經過他的部門。那個杯麪是我為同事拿的，是為了可以經過他的部門去茶水間拿熱水煮麪。他看見我拿着杯麪，跟我說了一句：「下午茶嗎？」

我答：「是啊！」

回到自己的部門，我被幾個要好的同事罵死，他們說：

「你為什麼不問他吃不吃？也為他煮一個杯麪。或者問他吃了下午茶沒有，那就可以和他一起去喝下午茶了！」

但是我剛才只是回答：「是啊！」

他們說：「永遠不要說一句會有 Full stop 的話，永遠要答一句會引起下一個話題的答案。」

我後悔到死、懊惱得老了兩年。

那天，我將同事吃完的杯麪杯，洗得乾乾淨淨，還在杯上寫上今天的日期，抹乾淨放在書架上。

※　　※　　※

還有另一次，是在遠赴 New York 前兩天。

午飯後進電梯，電梯再被按開了，是他！

他看見我，怯生生的問：「吃過午飯了嗎？」

我答：「吃了。」

呆了很久，我問：「你呢？也吃了嗎？」

他也呆一呆，說：「吃了。」

回到辦公室，頗開心了一陣子。

下午三時多，一位客戶送了幾本明年的日記簿來，我千辛萬苦爭到兩本，充滿希望地走向他的部門，拿給那邊的秘書，在座位與座位之間的罅隙看見他，我說：「也送一本給你！」

走過去給他，赫然發現他身邊還有幾個我熟悉的人，我吐了吐舌頭，攤開雙手，說：「沒有了！」

他說：「你自己留起更好的了吧？」

我委屈地：「沒有呀！」

「我剛好想買一本哩！」他笑。

沒有謝謝，他是一個不喜歡說多謝、「唔該」的人。

回到我的部門，我乞求同事再給我一本日記，在上面寫了今天的日期，把它放在書架上、杯麪杯旁。

※　※　※

離開前的最後一天是星期五，那夜我和幾個同事到太子的酒吧街喝酒。

有一個同事頗知道我的暗戀奇情，她喝到些微醉，拿起電話，說：「我幫你打給他。」

我當然說不好，然後，她竟然自作主張，傳了短訊給他：

「我明天要走了，如果你知道我是誰，請回覆我。」

我以為她開玩笑，怎知道她是來真的，她真的認為他會回覆，我便可以結束這段情緒低落期。

她說：「等他回覆吧！」

我苦笑。

他怎會知道那是我的電話號碼？他應該甚至連我的名字也不知道。

5 LOVING YOU

臨上機的一刻，我在機場也頻頻看手機，檢查有沒有來電或訊息，我的心情很矛盾，想有來電，但又害怕。

結果是：我的擔心是多餘的。

※　　※　　※

二十小時的飛機，滿載了二十小時的思念，在這八千呎的高空，距離香港何止千里。思念是不受時間和空間限制的，即使我是在十月十二日的New York掛念在十月十三日香港的他。

座位旁邊的男人突然叫：「飛機呀！」

我望出窗口，飛機有什麼稀奇？

他說：「你不明白的，在偌大的天空中，一架飛行中的飛機，遇上另一架飛行中的飛機是很難的。」

我想：也是。這是緣分。但是，為什麼要遇上一個人反而更難？

在 New York 的第一天是逛街，看到每一件新奇好玩的東西，我也想起他，想買來給他。

在其中一個 Shopping mall 內，看見一些用瓷造的珠，每粒珠上有字母，可以砌成一個英文字，也可以砌成一個人名。

我拿起一些珠子，砌了 Travis 的英文名。

這時，Shopping mall 播放的是這一首：

Lovin' you is easy 'cause you're beautiful.
And lovin' you is all I wanna do.
Lovin' you is more than just a dream come true.
And everything that I do is out of lovin' you.

在New York的第三天，我剪了一頭短髮。參孫將長髮剪短失去了氣力，我卻希望剪掉頭髮可加添勇氣。

※　　※　　※

十二日的思念以後，我上班的第一天是星期四，沒理Jet lag，也沒理會疲倦的身軀，趕着上班只為見他。但是，願望落空、落空……

星期六，我又上班了，同事問我：「回來有事要做嗎？」

我答：「就是沒事做才回來。」

我路過他的部門，遠遠見到他，步回自己部門時，心跳得厲害，Bump bump bump……像戰鼓齊鳴。

快要上戰場了，戰士。

醉臥沙場君莫笑，古來征戰幾人回？

我拿出那條用瓷珠綴成 Travis 名字的項鍊。

風蕭蕭兮易水寒，壯士一去兮不復返。

拿去他那邊時，他已站遠了，在五碼外我跟他打招呼，他看着我，一臉茫然。

我的心一直下沉到地底，流連在十八層地獄裏，一去不復還。

他不認得我。

回到自己的部門，淚水迸發，我守不住不在辦公室落淚的承諾。

※　※　※

這天之後，還遇見過他兩次，一次樓下與他迎面而遇，他仍是一臉茫然。另一次，和一班同事一起遇見他，我別轉了臉，不想再看見他，我已是沒心的人。

星期五下午，約了客人外出，在電梯口遇見他，我想掉頭走，他卻跟我打招呼，

「你剪了頭髮呀？」

TRAVIS

「是啊！很難看吧！」

「遇見過你幾次，也不認得你。我也奇怪怎會有一個不認識的人叫我。」

我知道的，不要說得這麼清楚好嗎？

腦袋空白了五秒之後，我說：「你不是不記得我，只是記不起有這一個人吧！」

沒理會他的反應，我進了電梯，看着電梯按鈕，我的視線模糊了。

在地鐵站裏，淚水，沒有停止過。

6 明天找你

還可以做什麼？我沒勇氣戰勝牛鬼蛇神、牛頭馬面、鬼臉夜叉，一層一層地獄闖去，救回我散失了的心。

索性做一個沒心的人。

一個人之所以有身分，可以 Identify 自己，完全因為他身邊的人、着緊他的人，否則，他什麼也不是。

他不認得我，我什麼也不是。

我什麼也不是的過了一星期，甚至無聊得會和 Stanley 去買下午茶，這應是送外賣的人做的。

走進餐廳，看見他和幾個同事坐着喝茶，迎面而過，我沒看他。

離開時，也沒看他一眼。

走到電梯大堂，Stanley 說：「他來了！」

他走近，問：「買下午茶也不預我一份？」

「你要吃什麼便拿吧！」我把剛買來的下午茶遞上前。

「剛吃完，不用了。」他說。

進了電梯，我問：「你不是有四個人的嗎？」

他很大反應：「你也留意到我們有四個人？那些人還在買東西。」

然後我對 Stanley 說：「一會你要代我向他們收錢啊！我們那部門的同事常常吃東西不給錢的。」

他聽了，說：「怎麼，你常常請人吃東西的嗎？下次吃下午茶時也預我一份啊！」

電梯門開了，他步出去，回過頭來，說：「我一定會給錢的。」

※　※　※

十八層地獄下的鬼魅悄悄回來了。他從來沒跟我講過這麼多話，我覺得此生無憾。

第二天，我專誠路過他的部門，看見他背着手提袋像要出外的樣子。

我問：「你要出去嗎？那不是不能請你吃東西了？」

「我明天找你！」

我明天找你這句話，在我腦海中盤桓了一整天一整晚。

他會怎樣找我呢？他會史無前例地來到我的部門嗎？他會傳短訊給我？他會打電話給我？

我在想這些，整晚睡不着。

第二天，我沒離開我的辦公室一步。因為我很好奇他會怎樣找我，如果我路過他那一邊他才叫我，那不是誠意。也因為我怕走了出去，會收不到他的短訊，接不到他的電話。

上午還算容易過。

下午是度秒如年。

三時，還早。

四時，該是下午茶時間了吧！

五時，電話響起！

我戰戰兢兢地拿起電話。

「Jasmine，很久沒見了，我是斌仔呀！」

「你找我做什麼？既然很久沒見了，為什麼要找我？你不知道五時找人不應該嗎？」

相識十年的斌仔，被我罵個狗血淋頭。

然後，五時至六時那一小時，我絕望了。

那天是我上班以來第一次準時六時下班。

我承受不了。

趕回家，關上門，從此，十八層地獄裏也再找不到我的心。

第二天早上，我的眼腫得厲害。

還是沒事做的星期六。

在公司門口，我遇見他，他開口要跟我說什麼，我後退了幾步。

不知道他想說什麼，但是，再不想他成為我情緒低落的原因。

7 兩顆傾慕的心

每次想起你，那是最寂寞的時候。

不是寂寞時才想起你。

而是，想起你的時候，感到最寂寞。

因為沒有你，我在這宇宙內是最孤獨的。

※　　※　　※

囚禁在情緒低落的監獄中，最寂寞的當兒，她出現了。

「Hello，我叫 Yan。」

阿 Yan，是老闆大力推薦進來工作的，她的擅長是中國貿易，有內地關係的人，現在炙手可熱。

本以為她是穿套裝、架白色粗膠框眼鏡的老女人，沒料到的是，她只有二十四、五歲，穿白色牛仔褲、淺紫色襯衣，是一個很帥氣的女孩子，還有她的無敵笑容。

第一眼看見她，我知道會和她成為好朋友。

她是基督徒，父母親、哥哥、叔叔，甚至婆婆也是基督徒，但卻不是滿口教條規範的基督徒。

笑容常掛在她的臉上，她常有空陪我，去銅鑼灣崇光的 UCC 喝咖啡，去先達買 iphone、去加連威老道逛時裝店、去太子吃壽司。和她一起，不愁沒有歡樂。

她喜歡在街上大嚷，扮怪聲，被她感染，我也愛在街上大嚷，甚至蹲在路旁吃臭豆腐，走在北角的馬路上吃煨番薯。

這個世界，原來可以沒有男人。

我問她：有沒有男朋友？

她說：從來沒有。基督徒，愛情是一生一世的事，主會安排。

有些事情，她固執得可以。

我一向認為：感覺會安排，感覺來了，愛情燦爛；感覺走了，愛情終結。

一直以來，感覺是我的主宰。

阿 Yan 令我有新的想法。

※　※　※

這一晚，我和 Yan 約了一個剛離開公司的舊同事 Hugo 在中港城 Royal Pacific Hotel 晚飯。從柴灣來的 Hugo 說隧道塞車，遲了一小時也未來到。

我和 Yan 在 Royal Pacific 平台上走，長廊後，是一個銀色海豚噴水池。沿着噴水池走，我問：

「真的沒有令你動心的人嗎？」

「也有的。」

「在什麼地方遇見的？」

「在公司的健身中心，做運動時常遇見。」

「他叫什麼名字？」

「Travis。」

Yan是一個很積極、很有自信的女孩子，在幾次做Gym的相遇中，她已經知道了那人的名字。

我希望是兩個同名的人。

我問：「是怎麼樣子的？」

她說：「戴眼鏡，很高大的，常穿藍色牛仔恤衫。」

※　　※　　※

Yan 是個很積極、很有自信的女孩子，兩星期之後，她已經在做 Gym 後和他吃晚飯。

有一次，他約她去公司的同樂日，她原本報了名去行百萬行。結果是，她取消了百萬行去公司同樂日，他卻報了名去行百萬行。

後來，他們兩處地方也沒去，兩人去了西貢白沙灣。

※　　※　　※

有時候，我覺得感情上的互相較量，是自信心的較量，阿 Yan 比我有自信。

我相信，我的情敵不是阿 Yan，我只是輸給自卑與無聊的自尊。

8 卡拉OK傷心一夜

Yan沒有再陪我去UCC，去Royal Pacific，也許她還有去，但不是和我去。

我最怕她推掉Travis陪我。

更怕她拉了Travis一起來陪我。

能推掉的我都推掉，但這天，是Yan的生日，吃完飯，我被他們拉到卡拉OK。

Travis當然是坐在Yan身旁。他們合唱了許多首歌，我在旁邊喝了很多杯Tequila Seven，Tequila Seven是醫治我抑鬱症的藥。

「你為什麼不唱歌？」Travis問。

「今夜的主角不是我。」其實一年三百六十五日的主角也不是我。

這時，卡拉OK的熒幕打出一首很舊的英文歌，這是一首沒人選的歌，大概是按錯了。

「給我！」我拿過咪，跟着音樂唱起來：

I blessed the day I found you.
I want to stay around you.
And so I beg you,
Let it be me.

唱到這裏，我已經聲嘶力竭。

Don't take this heaven from one,
If you must cling to someone, now and forever,

Let it be me.

唱到這裏，淚水禁不住流出來。

Each time we meet, love.
I find complete love.
Without your sweet love,
What would life be?

這時，我痛哭失聲了，但還是唱下去。

So never leave me lonely,
Tell me you love me only,
And that you'll always,

Let it be me.

我的胃痛得厲害，腸臟裏在翻江倒海。這時，我明白什麼叫肝腸寸斷。

迷糊中，我知道是阿 Yan 和 Travis 摻扶着我，送上救傷車。

※　　※　　※

醒來的時候，我躺在明愛醫院。

四壁白牆，全白色的病牀，還有我的白色病人服。我但願一切變成白色，我可以在上面重新髹上自己喜歡的色彩。

婆婆拿了一束鬱金香進來，尚未開口，我道：「是阿 Yan 嗎？」阿 Yan 知道我最喜歡鬱金香。

然後，我看到站在病房門口的是阿 Yan 和 Travis。

我全身抽搐，腸臟又在打結，痛得彎下腰，婆婆驚呆了，嚷：「我叫醫生進來。」

我按着肚子嚷：「只好叫醫生，別讓其他人進來。」

我按着肚，熱淚不聽使喚地流出來，一顆一顆滴在病牀上。肚在痛，心也在痛。

※　※　※

每天收到一束鬱金香，直至我將出院的一天，婆婆又拿鬱金香進來，但原來那拿着花的不是婆婆，進來的，是Travis。

後面，沒有Yan跟着。

他坐下，說：「Yan叫我自己來。」

我低下頭。

他還要說話。

「什麼也別說。」我強忍眼淚，淚水仍湧出。

「什麼也別說。」

別說從未喜歡過我。

別說曾經喜歡過我。

別說現在喜歡的是誰。

那天，他坐了二十五分鐘，聽我說了一個故事。

一個商人離家做買賣幾個月後，趕回家去過新年，他日夜趕路，累了，就在林中樹下休息。

半睡半醒的時候，忽然看見很多螢火蟲飛來，仔細一看，原來是一羣長了半透明昆蟲翅膀似的的小女孩，身體及薄紗似的衣服也是半透明的。

每一小精靈也帶着一件包紮得很好看的小包裹，每個小包裹發出不同顏色的光輝。

她們七嘴八舌地議論着，像有什麼重要的事要去辦。

「她還沒來哩！」

「怎麼她常遲到？」

「也難怪她，她要送的是最重要的一份禮物哩！」

「咱們不能再等了，再等我們都晚了。」

這句話提醒了大家，都急忙飛走了。

不久，遠處飛來一個小精靈，她氣急敗壞的來到，喊：「晚了，晚了，這回真的晚了。」

她坐在石上哭，這時，她身上包裹的小光焰漸漸熄滅了。

不久，其他精靈都送完禮物回來了，他們都很高興自己完成任務。

「我們把一切好的天賦都送到那人家裏了，那家人的孩子，將會有絕頂的聰明，他健康、強壯，又仁慈、勇敢。他英明、果斷，又理智、堅強，更叫人開心的，是那小孩長大後會是一個世上從未見過的美男子。」

大家説着，説着，獨剩那一個遲到了的小精靈放聲大哭起來，説：

「偏偏這樣一個完美的孩子，卻連一點感情都沒有，一點點，一絲絲的感情也沒有！」

她們哭到累，說到累，就一齊飛走。

商人早上醒來，趁天光趕回家裏，他的家人迎出來，高高興興地說：

「恭喜，恭喜，你作了父親，這個新生的寶貝是誰也沒見過這麼好看的男孩。」

這個故事叫：忘情。

※　※　※

在醫院的最後一夜，婆婆跟我談了很久。

「還是搬回來跟婆婆一起住吧！在外面不知道你胡亂吃些什麼弄壞了身子……」

我低頭不語。

「你不喜歡我在大埔墟的家嗎？那間舊唐樓又舊又破住得不舒服吧？」

「不是啊，婆婆。」

「我記得你從前初來我家時說很喜歡住在大埔墟，喜歡在大埔墟街市吃芋圓，喜歡到街市下面的圖書館看書……難道是大埔墟的火車站給了你不好的回憶嗎？」

「婆婆你說什麼？」

「就是在那裏和你媽媽告別後，她一去不回……」

「不是啊，我喜歡乘火車，喜歡在大埔墟車站乘火車到任何地方……」

「大埔墟火車站、旺角火車站……那裏都有我們很多回憶，你想聽婆婆絮絮滔滔講陳年舊事嗎？」

「婆婆你慢慢説，我們很久沒有坐下好好談談了！」

然後婆婆説起她的車站故事。

「小時候，我常常在旺角火車站跟媽媽回廣州探親，那時國內的物資很短缺，我和媽媽總是一人穿很多件衫、很多條褲，還有背一大袋生活所需物品如生油、藥品等等回鄉。媽媽用擔挑挑着，那時我只有七、八歲，年紀小拿不多，但也要背一個大旅行袋，媽媽就挑擔挑，擔挑兩邊都放滿比我還要重的東西。

那時乘火車回鄉的人很多，火車的班次又不密。為了能趕上火車，有時我們是前一夜已經要到車站排隊，就在冰冷的路上睡一晚。

好不容易等到車來了，全部人立即湧上去，年輕力壯的男子和人多勢眾的一家人當然可以搶先上車，霸佔到座位。我和媽媽兩個人單力薄，媽媽想到從車窗把我推上車廂，運氣好的話可以佔到座位。

車廂裏擠滿了人，連走廊、座位下也坐滿人，有些甚至要站到洗手間裏去……

那時要乘火車兩個多小時才到深圳過海關，那是我最害怕的時刻。關員會把旅客帶的東西全翻遍，看看有沒有違例或沒報關的東西，許多東西會被扣留下來。因為每個人都帶很多東西，都要翻很久，在海關前都會擠滿人，密密麻麻的人龍站滿羅湖橋，令香港那邊過了關出不去也是常事。

通常要排隊好幾小時，然後是最膽顫心驚的時刻。輪到我們了，我和媽媽都嚴陣以待。帶去的東西幾乎被扣下一半，那可是媽媽用血汗錢買回去給外公的生活所需哩！媽媽都忍住了，因為只要跟關員一鬧，被扣留的物品必定更多。

記得有一次，關員把行李中的一件厚厚的棉襖扣留下來，那可是還很簇新、要花很多錢買的啊！

關員要把棉襖收走，媽媽死命按着棉襖，還大聲哭嚷起來：『那是我死去的丈夫留下來的遺物，我只是想帶回去給七十多歲老病的爸爸保暖。你們已經把好些生油、藥油都收走了，連這件棉襖也要拿去，你們還有良心嗎？』

關員沒理睬媽媽，媽媽情急起來就大力拍桌子，又捶胸痛哭。我看到媽媽這樣，也哇哇大哭起來。這吸引了一些人圍觀和議論紛紛，關員看到人愈來愈多，才息事寧人的把棉襖還給我們。

取回棉襖之後，媽媽拉着我就跑，她的淚水也立時止住了。年少的我沒弄清楚那棉襖是不是已經死了好幾年的爸爸的，但媽媽捶胸痛哭的景象常在我往後許多年午夜夢迴中出現。

媽媽等閒不在人前哭，她只在夜闌人靜時躲在漆黑角落的牀邊哭，可是，為了生活、為了不讓人欺負，她總是會用盡方法、心力去武裝自己，應付一切。

在我十七歲時，媽媽被證實患上肺癌，那時在香港醫治花費很大，媽媽説反正沒什麼希望了，回廣州醫治會便宜一些。那時我差不要要應付會考了，沒有陪媽媽去。還是在旺角車站，我送媽媽上火車，誰知道，媽媽這一去就沒再回來，而回來的，竟是她的骨灰。

我決心要擺脱像媽媽一樣的悲慘命運，一直都很努力，希望得到幸福的生活，然而，我還是結了婚然後離婚了，讓你的媽媽成為單親家庭的孩子。

我忙於工作，沒能好好管教她，總是覺得對她有所虧欠。後來，你媽媽變成這樣，又做出了不名譽的事，我想，我也有一定的責任吧！

那天我和你在大埔墟火車站送別她，我告訴自己，以後就讓我來照顧這孫女兒，這也算是一種贖罪吧！但是，也許我做得不好，我知道你並不快樂，還害出一身病來，這都怪我……」

婆婆説着，眩然欲淚。

我握着婆婆滿佈皺紋的手，説：「婆婆，你沒有不好，這不怪你。」

婆婆輕撫我的頭髮，説：「傻女孩，你也沒有一點不好，你是婆婆最乖巧的孫兒，你一定能找到懂得珍惜你、愛你的人！」

原來我的喜與悲、快樂與失落，婆婆都看在眼裏，都瞞不過她。

9 不要成為心的奴隸

三天之後，我回公司上班。

Yan待我的態度沒有異樣，其實，有問題的不是她，只是我而已。

但我總覺自己是局外人，在自己的部門，在Travis的部門，我也感覺他們用異樣的眼光看我。

從此，我在最後一分鐘才回公司，下班後一分鐘就走，星期六更是絕跡公司。

想辭職，同事説我懦弱。

※　※　※

一個星期六，我收到一封令我情緒更低落的信。

信裏面什麼也沒有，只有兩張話劇票，日期是二〇二二年十一月八日，那是我以為Travis會找我卻沒有的那個星期五。

話劇的劇名是：《I Have A Date With Love》，地點是灣仔藝術中心壽臣劇院。

我的情緒更低落了。

在這一天前，從來我認為地球是跟着我的思想轉，認為一切一切事也像我設想中一般。升上中學、大學以來順利的際遇也的確令我如此認為。

然而，事實並非如此。

我一廂情願地認為Travis會專誠來找我的當晚，他卻原來沒有我的電話號碼，沒有我的內線電話，更不會因為一句説話而敢走到我那重門深鎖的辦公室找我去喝茶。多年被人追求的經驗令我將一切看得太簡單。

沒想到因為一樣不主動的性格，使我和 Travis 各自走在一條永不會相遇的平行線上，而那時開始，阿 Yan 就走在一條將會與 Travis 相遇的交叉線上，與他在一個交叉點上遇上。

從來以為別人也用我的方法思想。我以為 Travis 會知道我每次走過他的部門只是為他，會知道我那個星期六不理睬他，是因為星期五的失望。

從來以為感覺至上。直覺是絕對對的，然而，事實並不如此。

這些年來我最信任的感覺，竟然這樣地出賣自己，我惘然了。

我的抑鬱症愈來愈厲害。一個人的時候，常蹲在空電梯的角落發呆。喜歡走在窮巷裏轉來轉去找出路。常常在家裏向着牆角痛哭。

憂鬱像一個黑洞，要將我吸進去。

我的病狀驚動了身邊一切的人，大埔八號花園的六個室友紛紛四出為我找尋心藥。剩餘那一個修讀神學的，三個月前成了一間間教會的宣教師。

她寫給我這封信：

Jasmine,

你好，很開心收到阿 May 報告你們近況的信，阿 May 提到你近日鬱鬱寡歡，說你患了抑鬱症。我不知道原因，也不是心理醫生，然而，有幾句話可以與你分享：

喜、怒、哀、樂原本就是控制着大部分人生活的主宰，但這是一件悲哀的事吧！因為大家甘於作「心的奴隸」(Slave of our mind)，而不清醒一下，何妨試試讓心作一次我們的奴隸看看，即是：不要心裏想要發脾氣時，馬上怒氣沖天，何妨就試試看這次可不可以不生氣（諸如此類……等等）。久而久之，你會有另一種的體悟而感受不同。

最後，很想和你分享這一段聖經，請你慢慢細味。

哥林多前書十三章四至七節

愛是恆久忍耐；又有恩慈；愛是不嫉妒；愛是不自誇，不張狂，不做害羞的事，不求自己的益處，不輕易發怒，不計算人的惡，不喜歡不義，只喜歡真理；凡事包容，凡事相信，凡事盼望，凡事忍耐。愛是永不止息。

祝活得開心。

Alice

看完這封信，我知道原來自己可以做心的主人，可以做情緒的主人。我要學習凡事包容，凡事相信，凡事盼望，凡事忍耐。

這之後，我每個星期會有兩天回婆婆的家吃飯，喝她煮的湯，又會到 Alice 的教會參加聚會、崇拜，空虛的內心好像被漸漸填滿了。

10

重回吐露港公路

搬離大埔已經兩年了，我重臨吐露港公路，心裏有說不出的滋味。

八號花園，還有新瑞華不知怎樣呢？

我現在住在太子，在旺角火車站附近，隔兩街之遙有一間消防局，夜裏會聽見消防車出動的警號聲。以前，我會想：不知哪一處又有慘劇發生了。現在我卻會想：他們又出發去救人了。

是兩年前那一件事改變了我的看法。

以前我是感覺的奴隸，感覺來的時候，為它歡笑，為它哀哭，為它癡迷。別人說我癡，說我情緒化，我總會說：感覺是真的嘛！真一點有什麼不好？

現在知道自己可以控制感覺，控制情緒，學習凡事包容、相信、盼望和忍耐，因為有那能忍耐的一個我在，有那理智的一個、更懂得將自己放到快樂之路上的一個我在。

一個人開不開心，全看自己，如果你讓自己的心做主宰，讓自己的感覺、情緒做主宰，你開心的時間不會多。

我的感覺、你的感覺、他的感覺，感覺與感覺之間是不能互相溝通的，或許你以為你和他的感覺可以互通，但，許多時候是誤會，使感覺出錯的機會太多。

何不安排自己的心路歷程，安頓自己的情緒，包容別人和自己，相信我們的背後有一個充滿慈愛、智慧、像爸爸一樣的神在掌管一切？

※　　※　　※

吐露港公路快要到盡頭了，今天我為探朋友重臨大埔，坐在火車上，吐露港公路旁的昏黃路燈與對岸的霓虹燈令我目眩，我睜開眼睛，圖看個清楚，讓美麗景色印在我的心底。

到了大埔站，甫步出去，我看見兩個最好的朋友已在等候。

「我們已在新瑞華訂了位。」阿 Yan 説。

「車在那邊。」Travis 向近處一指。

在我們搬離八號花園之後，Yan 和 Travis 租了我們的單位，一直住得很愜意。

附錄

九廣鐵路掌故

十九世紀末，香港和廣州的貿易來往已十分頻繁，兩地往來的交通有改善的需要，於是香港政府便和當時的滿清政府商議要興建連接香港、廣州的鐵路系統。

一八九八年，香港政府和當時的滿清政府達成協議興建一條連接九龍和廣州的鐵路。當時的鐵路路軌按地域分成中國、香港兩段，分別由中、英政府負責興建。直至一九〇五年九月，立法局通過興建九廣鐵路。

一九〇六年，全長有35.4公里的九廣鐵路英段開始興建。鐵路工程中需要興建不少橋樑和隧道，興建的五條隧道中最長的是畢架山隧道，由於當時工程施工的環境較惡劣，期間有超過五十名工人在隧道內死亡。

一九一〇年十月一日，耗資 130 萬英鎊的九廣鐵路英段落成啟用。

一九一一年十月五日，來往香港與廣州的港穗直通車正式投入服務，初期每天開出兩班，行車時間約四個多小時，座位分為頭等及二等，票價分別為 5.4 銀元及 2.7 銀元。

一九四九年十月十四日，中國人民解放軍進駐廣州，港穗直通車停駛。華段改以深圳火車站為終點站，英段則改以羅湖站為終點站，以羅湖橋作為兩地連接點。

一九七五年十一月三十日，九龍總站由尖沙咀海旁遷至紅磡灣，而尖沙咀的總站在一九七八年六月七日被拆卸，只保留鐘樓的部分。

一九七八年，九廣鐵路英段開始了全線現代化及電氣化計劃，耗資 35 億港元。

一九八二年五月六日，九龍至沙田近郊線電氣化列車正式啟用，大埔墟至羅湖段電氣化工程亦於一年後完成。

一九八二年五月，新建的九龍塘火車站開始運作，自此九廣鐵路可以於地鐵的觀塘線轉車。

一九八三年二月一日，隨着《九廣鐵路公司條例》通過，九廣鐵路公司於正式成立，公司由香港政府全資擁有。

一九九六年，為配合香港興建九廣西鐵第一期（即西鐵線），九廣鐵路公司將「九廣鐵路——英段」改名「九廣東鐵」。

二〇〇三年十二月二十日，歷時五年建成的九廣西鐵正式啟用。

二〇〇四年一月三日，九廣鐵路公司宣佈會擱置沙中線，而以「沙田至紅磡線」和東鐵延長過海代替。

二〇〇四年十月二十四日，九廣東鐵尖沙咀支線正式啟用，列車從紅磡站延至尖東站為終點。

二〇〇四年十二月二十一日，馬鞍山支線通車。

二〇〇七年八月十五日，歷時三年多建成的落馬洲支線正式通車，落馬洲站、香港落馬洲支線管制站及深圳福田口岸正式啟用。

二〇〇七年十二月二日，九廣鐵路公司的業務正式合併至香港鐵路有限公司營運。九廣鐵路公司歷經二十五年後停止營運所有鐵路、物業等業務，有九十七年歷史的九廣鐵路也正式交由港鐵營運。

大埔墟街市熟食中心

大埔綜合大樓是香港一座多用途的市政大樓，位於新界大埔鄉事會街八號，於二〇〇四年九月一日啟用，內有大埔墟街市及熟食中心、大埔墟體育館及公共圖書館等設施。大埔墟街市及熟食中心合共佔地約 12,000 平方米，地下及一樓為街市，設有 260 個檔位，是香港最多檔攤的街市；二樓為熟食中心，設有約 40 個檔位。

不少美食食肆隱藏於大埔綜合大樓的熟食中心，炸豬扒麵一向有「大埔名物」之稱，其中位於大埔熟食中心二樓的東記和世記更是座無虛席。同樣位於二樓，有逾五十年歷史的李記咖啡奶茶，西多士足有一吋厚，加上牛油及自選糖漿或煉奶，蛋漿滲入麵包，有豐富蛋香，令人垂涎三尺。

說到大埔街市熟食中心的著名食物，不能不提芝麻花生糯米糍。賣糯米糍的檔口有冷氣、有座位，除了供應熱糖水，也有冰涼消暑的凍飲糖水，更有招牌即包花生黑芝麻糯米糍。招牌即包糯米糍只有一款，是芝麻花生餡，糯米糰在店內即蒸，餡料很多，滿是芝麻香。秋冬時這裏還加推香港人最愛的三色芋圓——以芋頭、紫心番薯和黃心番薯製成，配上辣辣的薑糖水，能夠驅寒養生。